は仇花の如く

神奈木 智

幻冬舎ルチル文庫

CONTENTS ✦目次✦

桜雨は仇花の如く

✦カバーデザイン＝吉野知栄（CoCo.Design）
✦ブックデザイン＝まるか工房

イラスト・穂波ゆきね✦

桜雨は仇花の如く

これも違う、と中年の男は呟《つぶや》いた。

今度こそと神棚へ、毎朝百度も願ったのに。どうやら、うちの神様には大した御利益《ごりやく》がなさそうだ。こう何度も外れを摑《つか》まされた日には、そうでも思わないとやっていられない。

「困ったねぇ」

知らず、唇から繰《く》り言《ごと》が零《こぼ》れ出た。ぱんぱんと景気良く打った拍手《かしわで》も、なんだか空々《そらぞら》しく辺りへ響くばかりだ。仕方がない、こうなったら神頼みは諦《あきら》めて、己《おの》が力だけを頼りにあれを探し当てるしかないだろう。

「さて……どうしようかねぇ」

落とした視線の先には、漆《うるし》の文箱《ふばこ》があった。漆黒《しっこく》の艶《つや》が美しく、蒔絵《まきえ》で枝垂《しだ》れ桜が優美に描かれている逸品だが、これは望んだ品ではない。柄は同じだが、あれはもっと魔的で妖《あや》しい光を放ち、一度目にしたら瞼《まぶた》に焼き付いて消すことなどできなかった。わけありの骨董屋《こっとうや》で目にした瞬間、もう自分のものにせずにはいられなかったのだ。

それなのに、小賢《こざか》しい店主は下卑《げび》た笑みを浮かべて頭を下げた。

『あいすみません。こちらは、もう売約済みでございます』

値を釣り上げようという魂胆なのは、みえみえだった。こちらがあんまり馬鹿《ばか》正直に顔へ出したせいで、海千山千の相手に足元を見られたのだ。だが、生憎《あいにく》と取り置きを頼もうにも持ち合わせが足りない。普段なら過分なほど札入《さつい》れに用意しているのに、この日に限って予定外の支払いをしてきたばかりだった。

(ええ、なんて間の悪い)

思わず、舌打ちが出た。お供の奉公人に持たせた色留袖《いろとめそで》が、急に煩《わずら》わしく思えてくる。たまたま贔屓《ひいき》の呉服屋の前を通った時、女主人に声をかけられたのがまずかった。

奥様のお召し物、仕立て上がってございます。後で家の者に届けさせましょう。そう言われて、つい大らかな気持ちになったのがいけなかったのだ。女主人はかつて「色街に雪紅《せっこう》あり」と謳《うた》われた高級花魁《おいらん》で、大店《おおだな》の後妻に収まった現在も匂《にお》やかな美貌《びぼう》は健在だ。いい格好を見せたくなったのが、仇《あだ》になってしまった。

『ぜひに、と言われましても……へぇ、直《じき》に御予約のお客様が引き取りにみえますんで』

まいりましたな、と骨董屋の店主はまた笑う。どうせ腹の中では、もっと高らかな笑い声をあげているのだろう。予約した人物とは何者か、との問いにもニヤニヤと思わせぶりな顔をするだけだ。その反応が、一層憎たらしい。

『旦那《だんな》様。残念ではございますが、こたびは御縁がなかったということで』

なかなか言い値を尋ねようとしない男に、早々と見切りをつけたのだろうか。店主はあっさり話を切り上げると、これみよがしに文箱を奥へ引っ込めようとした。

『ま、待て。待っとくれ。一体、幾らならそいつを譲ってもらえるんだね？』

『即金で千五百円』

素《そ》っ気《け》なく、店主は法外な額を答える。男は息を飲み、まさか古い文箱一つにそんな大金を弾む者などいるわけがない、と食い下がった。

『嘘《うそ》か誠か、一時間もお待ちいただければおわかりになりましょう』

相変わらず小憎らしい口ぶりで、店主はのらくらと受け流す。だが、呉服屋に寄ったせいでだいぶ帰宅が遅れていたし、今夜は大切な客人を招く予定になっていた。男は仕方なく引いた振りをして、奉公人の小僧にこっそり耳打ちをした。

『私は先に屋敷へ帰るが、おまえ、ここであの文箱を買いに来る客を見張っておいで』

『承知いたしました』

『できるなら、〝私の主人が、その文箱を譲っていただきたいと言っている。ついては、お住まいはどちらか〟と訊《き》いておくれ。いいね？』

『はい、任しといてください』

十四になる小僧は、利発そうな目を輝かせて頷《うなず》いた。男はようやく少し安心し、ちらりと店主の様子を目の端で窺《うかが》ってみる。すでにこちらへは興味を無くしたのか、店主はご満悦の態《てい》で文箱を抱え、店の奥へ消えるところだった。

あれから、もう二ヶ月がたつ。
だが、結局のところ男は文箱を未《いま》だに手に入れられないでいた。
何故《なぜ》なら。
見張りをさせておいた小僧が、それきり戻ってこなかったからだ。

色街の大通りに、三分咲きの桜が延々と月夜を彩っている。

それぞれ青竹の垣根で囲われた樹々《きぎ》たちは、いずれも上野近辺から移植された選《え》り抜きの美しさで、毎年三月末から四月まで色街を訪れる客の目を楽しませてくれるのだ。

いや、楽しいのは客ばかりではない。むしろ、はしゃいでいるのは遊女たちの方だ。

借金に縛られ、黒塗りの大門《おおもん》から外へ出ることも叶《かな》わず日々を過ごす身には、四季折々に催されるこうした年中行事がいい気晴らしとなる。色と嘘とに倦《う》んだ生活を、少しばかり忘れさせてくれる貴重な機会だからだ。

ところが。

色街きっての美貌を誇る娼妓《しょうぎ》を連れながら、一人渋い顔をしている男がいた。

「桜なら、うちの庭にも立派な枝垂れ桜があるぞ。樹齢二百年だ」

「おかしな人ですね。若旦那は、何を張り合っていらっしゃるんです？」

すれ違う者の垂涎《すいぜん》や好奇の目を気にも留めず、娼妓は涼やかに微笑《ほほえ》む。鶯《うぐいす》色の縮緬《ちりめん》に桜をあしらった袷《あわせ》は優美な容姿によく似合っていたが、世の遊女たちとは違って島田も結わず、漆黒の髪は耳の下で不揃《ふぞろ》いに切られていた。

「佳雨《かう》、おまえには本物を見せてやりたいんだよ」

若旦那、と呼ばれた男は、神田に店を構える老舗《しにせ》の骨董品屋『百目鬼堂《どうめきどう》』の若き主《あるじ》だ。名前を、百目鬼久弥《ひさや》という。まだ二十六歳という年齢にそぐわぬ厭世《えんせい》的な瞳《ひとみ》と、どこか達観したような佇《たたず》まいの持ち主だが、隣を歩く娼妓の前だとまるきり少年のようになる。

「ここの桜は、確かに枝ぶりまで美しい。けれど、花が散れば用済みとばかりにまた引っこ抜かれてしまうだろう。俺は、そのやり方がどうにも苦手だ」

「切《せつ》ないことを、言わないでくださいな。満開までもう数日は日がかかりますが、色街の夜桜はちょっとした名物なんですよ」

「悪かったな、無粋《ぶすい》な客で」

「また、そんな捻《ひね》くれた物言いを」

佳雨という名前の娼妓は、短い髪を揺らして笑いを嚙《か》み殺した。なんだか、久弥が拗《す》ねると嬉《うれ》しくなる。自分にだけ特別な顔を見せてくれるようで、愛《いと》おしさを感じるからだ。

佳雨は、娼妓だが女性ではない。

色街でも片手分しかいない、男花魁の一人だ。五歳の頃から廓《くるわ》育ちで、お職《しょく》を張っていた姉が身請《みう》けされた後を継いで三年前に花魁となった。以来、色物・紛《まが》い物と揶揄《やゆ》する世間を黙らせて、立派に裏看板を担《にな》っている。それでも、商売で女物を纏《まと》ってはいても、その心根は十九歳のちゃんとした男だ。少なくとも、本人は男を捨てるつもりはない。

（だけど、不思議なもんだな。本気で惚《ほ》れた相手は、やっぱり男なんだから）

昨年の夏、佳雨は生まれて初めて恋に堕《お》ちた。娼妓が客に惚れてどうする、と何度も諦めようとしたが、どうしても想《おも》いを断ち切ることができなかったのだ。

そうして、今は初恋が実って久弥が隣にいる。

立場は相変わらず花魁と馴染《なじ》みのままだが、互いの心は相手への真《まこと》を一途《いちず》に誓っていた。

「……若旦那。肩に花びらが」

「ん？」

「動かないでください。今、取りますから」

上等な仕立ての背広に、寄り添うように花弁が一枚ついている。佳雨はそっと指先で摘《つま》むと、自分もこんな風に久弥の側《そば》にいられたらいいのに、と思った。

「人が増えてきたようだな」

「ええ、そろそろ夜見世《よみせ》も賑《にぎ》わう頃合いですからね」

日がとっぷり暮れると、通りに面した見世の二階に提灯《ちょうちん》が幾つも吊《つ》るされる。それらと垣根の雪洞《ぼんぼり》に照らされて夜桜が妖しく闇夜《やみよ》に浮かび上がる中を、束《つか》の間の恋人同士を気取って多くの遊女と客がぶらぶら見物しながら歩いていた。

まやかしの桜、偽りの恋。

あえて承知で楽しんでみせるのが、色街の『粋《いき》』というものだ。

「さっきのお話ですが、若旦那はここの桜が本物ではないと仰《おっしゃ》いましたね」

「ああ。なんだい、怒ったのか？」

「怒ってやしません。ただ、五月になれば、今度は同じ場所が満開の菖蒲《あやめ》で埋められる。そういう決まりなんです。お屋敷の由緒正しい桜と比べるなんざ、些《いささ》か意地が悪いですよ」

「わかっているよ。昨年の桜や菖蒲も、おまえと一緒に見たじゃないか」

「嬉しいですね。覚えていてくださいましたか」

傍目《はため》には、娼妓と客の他愛もない会話にしか聞こえないだろう。けれど、そうではないことは佳雨と久弥だけが知っている。やがて久弥は何食わぬ顔で左手を伸ばし、無防備な佳雨の指を手のひらへしまい込んだ。

「風が冷たいな。寒くはないか？」

「大丈夫です。でも」

「でも？」

「若旦那が御機嫌を直してくださったら、もっとあったかくなれるんですが」

摑まれた指をくるりと反転させ、きゅっと強く握り返す。久弥は降参とばかりに嘆息すると、やや恨めしげな目つきで佳雨を見下ろした。

「おまえなぁ……」

「なんです？」

「恋人の俺に、手管《てくだ》は必要ないだろうに」

「手管じゃありません。御機嫌を取っているんですよ」

「………」

「ね？」

にっこりと微笑むと、遊び慣れた紳士で通っている久弥の顔に微《かす》かな狼狽《ろうばい》が浮かんだ。気まずげに視線を逸《そ》らす目元が、ほんのりと情欲の色に染まっている。久弥へ言ったように、佳雨は手管など使ったつもりはなかったが、今夜は帰ってほしくはないと仕草が勝手にしゃべってしまったようだ。

（ああ…でも、駄目だった。今晩は、鍋島《なべしま》様がいらっしゃる日だ。それで、若旦那は早めに登楼《とうろう》してくださったんだっけ。じゃあ、あと何分くらい一緒にいられるかな……）

想いを確かめ合った二人ではあるが、久弥は佳雨を身請けせず、花魁でいることを認めている。「たった一人で苦界に意地を張り通す生き方が、おまえの衿持《きょうじ》なんだろう。だから、そこに伴う苦しみや嫉妬《しっと》ごと、おまえを愛していこう」と覚悟を決めてくれたのだ。それは言うほど容易《たやす》い決心ではなかったと思うが、佳雨を責めたことは一度もない。

（俺は、男に身体《からだ》を売りながら、誇りと意地だけで生きてきた。たとえ若旦那が相手でも、他人の金で自由を買うのはどこか違う。花魁として過ごした日々を、それじゃまるごと否定することになっちまう。誰に強制されたわけでもない、俺が自分から飛び込んだ世界なんだから、お終《しま》いまで自分でケリをつけたいんだ）

馬鹿げた心意気だと、我ながら思う。巻き添えを食わせた久弥には、幾重《いくえ》に詫《わ》びても足りないほどだ。その代わり、死ぬ時は一人と決めている。老舗の主人として将来のある久弥とは、生涯添い遂げられるとは思ってはいない。

もっとも、そんな胸の内まで久弥はお見通しだろう。きっと全部わかった上で、あえて知らん顔をしているのだ。そうして、いつか佳雨が自分から身を預けてくる日を待っている。久弥とは、そういう男だった。

「機嫌なんて、元から悪くなんかないさ」

負け惜しみのように、久弥は答える。

「ただ、先刻の客が……」

「先刻の？」

「佳雨さん！」

突然、弾んだ声音《こわね》が会話を遮《さえぎ》った。何事かと目線を上げた直後、夜桜より尚《なお》華やかな少年が視界に飛び込んでくる。紫紺《しこん》に桜模様の振袖《ふりそで》を着た彼は、朱色のしごきを揺らして佳雨の元へ走り寄ってきた。

「ああ、もう転ぶじゃないか。跳《は》ねっ返りめ」

はらはらと呟き、けれど佳雨の唇も自然とほころぶ。駆けてきたのは、数ヶ月前まで引込《ひっこ》み新造《しんぞ》として面倒をみていた梓《あずさ》だった。年末に突出《つきだ》しを済ませて独り立ちし、今では佳雨に次いで人気の男花魁となっている。だが、なにぶん十六歳という若さのせいか、まだまだ見ていると危なっかしくて仕方がない。

「佳雨さん、いらしていたんですか」

ようやく足を止めてはぁはぁと息を乱し、満面の笑顔で梓は言った。

「遠目からも、すぐにわかりました。誰より綺麗《きれい》で、目立ってたから」

「おまえ、口が上手《うま》くなったね。もう、お駄賃はあげないよ?」

「嫌だなぁ。いつまでも、新造扱いしないでください」

ぷっと膨《ふく》れる様《さま》が、甘い容姿に映えてなんとも可愛《かわい》らしい。生来《せいらい》の気質がからりと明るいせいか遊郭の崩れた匂いはなく、華やかな振袖姿と相まってパッと見には初心《うぶ》な少女でも通りそうなほどだ。

佳雨と同じ大見世《おおみせ》『翠雨楼《すいうろう》』の秘蔵っ子として仕込まれた梓は、座敷持ちの娼妓となった今も日に一人か二人しか客を取らず、楼主が大事に育てている最中なのだった。

「佳雨さんは、今時分の桜が一番お好きなんですよね。これからって感じがわくわくするって、以前にそう仰っておいででした」

「そうだよ、よく覚えていたね」

「当たり前じゃないですか。僕が、何年お側についていたと思います?」

誇らしげに答えた後、梓はちらりと久弥へ視線を流す。決して嫌っているわけではないのだが、兄とも慕う佳雨を奪った張本人なので、どうしても対抗意識が抜けないらしい。

「こんばんは、若旦那。御無沙汰《ごぶさた》しています」

「梓か。艶《あで》やかになって、ずいぶん見違えたよ。上々の評判も耳にするし、末は佳雨と対《つい》の裏看板というところかな。楼主が、出し惜しみをして勿体《もったい》ぶるわけだ」

「別に、勿体ぶってやしません。僕がまだ子どもなんで、ボロが出ないよう配慮していただいているだけです。なんせ、わざわざ男花魁を買おうなんてお方は一風変わった趣味人、粋《すい》人《じん》が多いですからね。だけど、僕は佳雨さんと違って、短歌も三線《さんせん》も下手《へた》くそだし」

顔に似合わず憎らしい口をきき、梓は再び佳雨へ向き直った。

「そんなことより、佳雨さん」

「なんだい？」

「その後どうですか。お世話する者がいなくて、不自由はありませんか？　遣《や》り手《て》のトキさんが付いていると聞きましたけど、僕はそれが心配で……」

「……梓」

あんまり熱心な口調で迫るので、佳雨はうっかり苦笑を漏らしてしまう。それを見た梓はたちまち赤くなり、「すみません」と頭を下げた。

「余計なお世話ですよね。僕、こんなだから〝いつまでたっても腹が据わってない〟って、銀花《ぎんか》さんに怒られるんだな。人の心配ができる立場じゃないのは、わかってるんですけど」

「何を言ってるんだ。嬉しいよ」

「本当ですか？」

心からホッとした顔で見つめられ、佳雨は深く頷いてみせる。

「そうやって、独り立ちした今でも俺を慕ってくれる。実の弟と思って、可愛がってきた甲斐《かい》があったってもんだ。梓、おまえはいい子だね」

「佳雨さん……」

「それに、俺のことなら心配は無用だよ。トキさんが言ってたけど、新しい禿《かむろ》の面倒をみることになりそうなんだ。明日にでも、見世へ来るんじゃないかな」

「新しい禿って、まさか女の子が佳雨さんのお世話を？」

驚く梓に首を振り、佳雨は悪戯《いたずら》っぽい目つきで「実はね」と切り出した。

「どこで見つけてきたのか、男の子なんだよ。おまえが上手に育ったもんで、お父さんは気を良くしたらしい。俺が男花魁になる時は、ずいぶん渋っていたもんだけど」

「だったら、それは僕が理由じゃありません。佳雨さんですよ」

「え？」

けろりと言い返され、今度は佳雨が目を丸くする番だ。梓は得意満面な様子で、いくぶん声を高くして言った。

「佳雨さんが、男花魁の格を上げてくれたって。僕、お客さんからよく聞かされるんです。

以前は〝男花魁を買う〟なんて、ゲテモノ好きとか悪趣味とか、人目がやたらと気になったものだけど、佳雨さんのお馴染みには子爵の鍋島様をはじめ、地位や名誉のある方々が揃っていらっしゃるじゃないですか。あれで、ぐんと印象が変わったって」

「梓、それはね……」

「そう言われるたびに、僕、自分が褒《ほ》められたみたいな気分になります」

「…………」

どれだけ上等な客がつき、才や美貌を持て囃《はや》されようが、どのみち娼妓は娼妓だ。真っ当に扱われるわけじゃなし、お歯黒《はぐろ》どぶに囲まれた狭い街の生き物に過ぎない。

けれど――。

(野暮な説教は、やめとこうか)

先輩の自分が褒められることで梓の背中がしゃんとするなら、それはそれで有《あ》り難《がた》いことだ。そう、佳雨は思うことにした。

まだ、梓は客を取るようになってようやく三ヶ月だ。

少しずつ周囲が見え始めたこれからが、辛《つら》い日々との闘いになる。

「そうかぁ、新しい禿は男の子かぁ……」

佳雨の物思いをよそに、羨望《せんぼう》混じりの呟きが梓の唇から零《こぼ》れ落ちた。

「いいなぁ、その子。佳雨さんと、ずっと一緒にいられて」

「梓……」

「ああ、いた！　こら、梓！　いきなり駆け出して、びっくりさせるんじゃないよ」

思わず伸ばしかけた手が、不意の言葉にびくりと止まる。声の主は四十絡みの洋装の紳士で、よほどあちこちを走り回ったのか額《ひたい》に汗を滲《にじ》ませていた。

「あ、三上《みかみ》様。すみません、僕、佳雨さんを見かけて無我夢中で」

「無我夢中って、おまえね……」

「お願いだから、そんなに怒らないでください。佳雨さんとは、同じ見世でもなかなか話す機会がないんですから。それに、三上様も仰ってたじゃないですか。一度、噂《うわさ》に名高い佳雨花魁を間近で見てみたいものだって。ね、どうです。綺麗でしょう？」

「う…うむ、まぁ……」

にこやかな笑みをたたえた梓は、いっかな悪びれたところがない。あまりの無邪気さに毒気を抜かれたのか、怒っていた紳士もすぐに文句を引っ込めてしまった。

「良かった。じゃあ、行きましょうか」

ぺこりと佳雨と久弥へお辞儀をし、まるで親戚《しんせき》の伯父か何かと連れ立っているように梓は歩き出す。佳雨は内心呆《あき》れ、去っていく彼らに手を振るのが精一杯だったが、やがて二人が人混《ひとご》みに紛れてしまうと待っていたかのように久弥が笑い出した。

「まいったな。あの子、将来は相当な食わせ者になるぞ」

「若旦那……」

「驚くのは、あれが計算じゃないってところだ。いや、実に末恐ろしいね」

「ふざけるのは、やめてくださいな。正直……」

「ん？」

「……感心しちまいました」

「だろう？」

素直に言い分を認めると、久弥は再び笑い声をあげる。

この短期間で、梓はすっかり逞《たくま》しさを身に付けていたようだ。その事実に、佳雨は一抹《いちまつ》の淋《さみ》しさと安堵《あんど》を覚えるのだった。


「今日から、禿としてうちで働く希里《きさと》だ。花魁、よろしくお願いしますよ」

楼主の嘉一郎《かいちろう》が頭を下げる隣で、真っ黒な目が射ぬくようにこちらを睨《にら》む。だが、一秒もせずに遣り手のトキが頭を押さえつけ、少年は無理やり額を畳へ擦《こす》りつけさせられた。

「ふん。可愛げのない子どもだよ。礼儀ってもんを知らない」

「これこれ、トキ。あんまり雑に扱わないどくれ。この子にはな、たんまり金がかかっているんだ。原価割れでもされたら、たまらないからな」

「そうは言っても、花魁の前ですよ。これから、自分の飯《めし》や衣装は誰のおぜぜで賄《まかな》われていくのか、よぅく知っておいてもらわなきゃ」


　夜桜見物の翌日。

　遅めの朝餉《あさげ》を終えてすぐ、着換えたばかりの佳雨の部屋に新入りの挨拶《あいさつ》がやってきた。しかも、楼主自らが引き連れてくるとは、なかなかに見処《みどころ》のある禿なのかもしれない。もともと『翠雨楼』の楼主は男花魁贔屓、お職の藤乃《ふじの》花魁より大事にしている、と遊女たちから陰口を叩《たた》かれるほどなのだが、本人は一向に気にしていないようだ。

（まいったね。それで苛《いじ》められるのは、こっちだっていうのに）

　梓も引込みの頃はよく陰で嫌がらせをされていたが、持ち前の明るさと勝ち気さで乗り越えてきた。だから佳雨もあえて心配はしなかったのだが、どうやら希里と名付けられた少年は些か毛色が違うようだ。

（年は、十三か四ってところかな。いかにも頑固そうな面構《つらがま》えだが、造作は確かに悪くはない。ちょいと毛艶《けづや》のいい野良猫って感じで、玄人《くろうと》好みの紳士に受けそうだし）

　生意気を通り越して挑戦的ですらある目つきや、固く引き結ばれたへの字口。恐らくは一番いい着物を着てきたんだろうが、質素な綿に包まれた肌は浅黒く、ざんばらな髪も目も闇のように真っ黒で、栄養不足のがりがりな身体はさながらごぼうのようだ。おまけに、佳雨の品定めが癇《かん》に障《さわ》ったらしく、ぎろりと獰猛《どうもう》な色が瞳《ひとみ》に浮かんだ。

「お父さん、この子の田舎は？」

「秋田だ。女衒《ぜげん》の安次郎《やすじろう》が、口減らしに出された農家の末っ子を買ってきた。先方は、まさか息子が花魁にさせられるとは思ってなかったんでえらく驚いたそうだが、どこぞへ丁稚《でっち》に出すよりよっぽど値がつくからな。これで一家心中しないで済むと、大層な喜びようだったそうだよ。まぁ、なんだ。梓の時と同様に、おまえがしっかり仕込んでやっとくれ」

刺すような視線を皆に無視されて、希里はムッとしたらしい。嘉一郎が頭を撫《な》でようとした瞬間、物も言わずにその手をきつく払いのけた。これには佳雨も驚き、思わず身を乗り出しかける。だが、それより素早くトキの平手が、希里の頰《ほお》で鋭い音をたてた。

「いきがってるんじゃないよ！」

「トキさん！」

勢いで畳の上によろめいた希里は、叩いたトキではなく声をあげた佳雨を睨みつける。まるで、自分がこうして売られた咎《とが》は全《すべ》ておまえにある、と言わんばかりだ。嘉一郎がウンザリした顔でトキを宥《なだ》め、申し訳ないね、というようにこちらへ苦笑いをしてみせた。

「この子は、今朝方、女衒に連れられて東京へ着いたばかりなんだよ。まだ右も左もわからない、ほんの子どもだ。だがね、私はこの気の強さが気に入った。これくらいのふてぶてしさがなけりゃ、色街で生きていくのは難しいからな」

「お父さん……」

「頼んだよ、花魁。この子を咲かすも散らすも、あんた次第だ。廓での生き方を、みっちりと教えてやってくんな。花魁が可愛がってくれたお陰で、梓はまずまずの滑り出しだ。お馴染みも増えて、評判も上がってきた。噂は、耳にしているだろう？」

耳にするも何も、昨晩に顔を合わせたばかりだ。確かに嘉一郎が言う通り、梓の連れていた客は三上清太郎《せいたろう》という実業家で、最近とみに羽振りがいいと聞いていた。だが、誰もが梓のようになれるとは限らないし、その責任を一方的に負わされても困る。

（まして、あんな目で睨まれた日には……）

胸でこっそり嘆息しながら、それでもどこか憎めない気持ちで希里を見返してみた。

左の頬を腫《は》らし、仏頂面《ぶっちょうづら》で正座し直した姿は、まだ幼いくせに全身で世間と闘っているようだ。佳雨はふぅ…と苦笑すると、鏡台の引き出しからちり紙を取り出し、そっと希里の口元へ持っていった。

「血が滲んでる。さっき、切ったんだろう」

「………」

「トキさん、最初が肝心なのは俺もよく承知してる。だけど、折檻《せっかん》はほどほどにお願いしますよ。第一、この子は暴力じゃ言うことをききやしないさ。そういう目をしているよ。いくら叩いたところで、ますます意固地になるだけだ」

「触《さわ》んねでけれ、この陰間野郎《かげま》」

吐き捨てるように言うや否や、希里はちり紙を持った佳雨の指に歯を立てる。突然の出来事に状況を理解するより早く、痛みの方が広がった。

「痛っ！」

「花魁っ！　まぁ、花魁の指が！」

「なんてぇことを……」

これにはトキばかりでなく、さすがの嘉一郎も目を丸くする。遅れて怒りがやってきたのか、彼はやおら希里の髪を引っ掴むと、強引に佳雨から引き剝《は》がそうとした。

「ええい、離せっ！　こいつ、花魁から離れやがれっ！」

「まぁ、なんて子だろう。こんな獣《けもの》みたいなガキ、あたしゃ触りたくもないよっ！」

「お父さん、トキさん、俺は大丈夫だから。頼みます、大声を出さないでやってください」

ようよう指を戻し、痛みを堪《こら》えて佳雨は言った。ずきりと疼《うず》く傷口の血は、急いでちり紙を当てて隠す。その間に強烈な平手打ちを嘉一郎から食らった希里は、今度は細い身体ごと廊下までしたたかに吹っ飛んだ。

「お父さん！」

「止めるな、佳雨。おめぇも言ったようにな、〝最初が肝心〟なんだよ」

普段は呑気《のんき》な様子でトキにやり込められたりもするが、人の好《い》い顔の下には何百人と女を売り買いしてきた者の凄味《すごみ》が宿っている。殴られた衝撃で朦朧《もうろう》とする希里を無理やりに立たせ、嘉一郎は半ば引きずるようにして階下へ下りて行った。

「困ったな。あの子、お父さんを本気で怒らせちまった」

「気にすることなんざぁ、ありませんよ。大事な花魁の身体に傷をつけたんですから、罰を受けるのは当たり前だ。今のうちに性根に嫌っていうほど叩き込んでおかないと、後々のためにもなりませんからね。まったく、厄介《やっかい》な子が来たもんですよ」

「そうは言うけど、過剰な折檻は良くないよ。まだ子どもじゃないか」

止める手立てはないかと立ち上がりかけた佳雨に、トキは呆れ顔で溜《た》め息《いき》をつく。

「おやまぁ、花魁もずいぶんと情け深いことだ。御心配には及びませんよ。いくら腹を立てていても、楼主は『加減』ってもんを知ってますからね」

「…………」

「暴れようが悪態を吐《つ》こうが、もはや自由とは縁切りの身だ。そう思い知るにゃ、いい機会でしょうよ。後日、挨拶は仕切り直しといたしましょう。それより、指はどうです？」

「え、あ、ああ。なんともない。こんなの怪我《けが》のうちにも入らないさ」

「なら、ようございました。花魁に傷がついたとあっちゃ、嘆かれる旦那衆が大勢おりますからねぇ。くれぐれも、あの子に深情けなんぞかけませんように」

「……わかってるよ」

後味の悪い思いを噛み締めながら、諦めにも似た気持ちで佳雨は微笑んだ。確かに、自分は少々甘くなっているようだ。廓に売られた子どもが日々折檻を受けるのは、避けられない運命だった。そこを耐え切ってこそ、図太《ずぶと》くふてぶてしく生き抜くことができる。

自分も、そして梓も、心身の痛みを堪えてここまで来た。正しいとか、正しくないとかいう問題ではない。そもそも、善悪など色街には存在しないのだから。

(そう……俺たちは、ここでは〝物〟だものな)

だけど、生憎とここの〝物〟には心がある。

嘉一郎の怒りが程々で収まるようにと、佳雨はちり紙の上から指を押さえて願った。

そういうことか、と久弥がホッと息をついた。次いで、彼はそっと佳雨の右手を取ると、包帯を巻いた人差し指を静かに唇へ近づける。

「俺はまた、どこぞの悪趣味な客がおまえに誓いでも迫ったのかと思ったよ」

「まさか、今どき指切りなんざ流行《はや》りませんよ」

「わかるものか。遊女恋しさでおかしくなった男など、世間にはごまんといる。年末の事件を、おまえだってまだ覚えているだろう」

「それは……」

真面目《まじめ》な顔で詰め寄られ、佳雨はたちまち返事に詰まる。昨年末、かつて姉の雪紅が花魁だった時に見初《みそ》め、法外な料金を工面《くめん》できずに思い詰めた男が事件を起こしたのだ。当人はとっくに呉服屋の主人に身請けされ、すでに『翠雨楼』を去っていたというのに、常軌を逸した男の頭にはそれが理解できなかった。

「おまえは、雪紅花魁の弟だというだけで襲われただろう。あれを思えば、俺の心配だってわかるってものだ。何しろ、おまえときたら毎度寿命が縮むような目に遭っているんだからな。頼むから、これ以上肝を冷やさせないでくれ」

「……すみません」

そんな風に言われたら、素直に謝るしかない。もし立場が逆だったら、きっと自分も同じことを久弥へ懇願しただろう。何しろ、これまで佳雨は二度命の危険に晒《さら》され、その都度久弥に助けてもらっているのだ。

「妙に素直で、なんだか気味が悪いな」

しおらしい佳雨を見て、指に口づけたまま久弥は悪戯っぽくニヤリと笑った。

「あんまり物分かりがいいと、俺は誰を相手にしているのかと思うじゃないか」

「おや、あんまりな言い草じゃありませんか。俺はね、若旦那。あんたを巻き添えにしちまうのが嫌なんですよ。だから、今後一切おかしな事件にゃ首を突っ込みません」

「せっかくの気遣いだが、俺の方は好きで巻き込まれてるんだ」

「また、そんな言い方をなさる。俺を困らせるのは、そんなに楽しいですか？」

呆れて右手を引っ込めようとしたら、逆に強く抱き寄せられる。あっと思う間もなく、佳雨の身体は久弥の腕の中にあった。

「若旦那……」

「わかっている。おまえが危ない橋を渡ろうとするのは、いつだって俺のためなんだ。だから、余計に放《ほう》ってはおけないんだよ。もともと、うちの盗まれた骨董品が原因なんだし」

「………」

右の手のひらで佳雨の髪を撫で、もどかしげに久弥は言った。

彼が亡父の跡を継いで主《あるじ》となった『百目鬼堂』は、創業百年を超える骨董商だ。店こそ構えているが、本業は骨董の持ち主と買い主の間を取り持ったり、眠れるお宝や曰《いわ》くつきの品を肥えた目で選別し、財政の傾いた貴族や武家から買い取ったりしている。その縁で、上流社会や裏の社会とも長い付き合いがあり、単なる骨董商とは思えぬ財を築いていた。

(本当に……若旦那は、たまに驚くほど金に糸目をつけない時がある。これまでだって、俺のために一体幾らお使いになったのやら)

裏看板を張る花魁が相手となれば、金は湯水のように使う必要がある。だが、久弥は苦も無くそれらをこなし、涼しい顔で通ってくるのだ。一介の骨董商にできる真似《まね》ではないと、佳雨自身、久弥の恋人となった今でも謎《なぞ》な部分は非常に多かった。

その筆頭が、蔵から盗まれた五点の骨董の存在だ。

『あれは、世に出してはいけない物なんだ』

いつぞや、久弥は真剣な顔つきでそう漏らしていた。そのせいか、彼は仕事の傍《かたわ》ら五点の行方《ゆくえ》を必死で探しており、そのうち青白磁の鉢と花瓶は先日見つけることができたのだが、生憎とどちらも手に入れる前に壊れてしまった。

「残りの三点、漆《うるし》の文箱、鏡、茶碗はまだ行方不明のままだ。だが、おまえはもう忘れてくれ。これは、俺の商売だからな。いいね、約束だよ？」

「はい、わかりました。どのみち、俺は籠《かご》の鳥です。そうそう気楽に動ける身分じゃありません。これで、安心してくれましたか？」

「それは、別の意味で心配だ」

今度は何が引っかかったのか、いくぶん拗ねた声音で久弥は答える。

「籠の鳥のおまえを、さしずめ野良猫が引《ひ》っ掻《か》いたというわけだろう？　それで、その子はどうしている？　ぐるぐる巻きにされて、まだ布団部屋に押し込まれているのかい？」

「どうでしょうか。昨晩遅くにこっそり握り飯を差し入れした時は、顔こそ腫らしていましたが負けん気はそのまんまでしたよ。気の毒に、よほど廓に来るのが嫌だったんでしょう。それも、無理はありません。男の子が女の着物を着て身体を売れと言われても、何がなんだかわからないでしょうからね。俺みたいな廓育ちとは、まったく違うんですから」

「そういう意味では、梓はやはり大したものなんだな。あの子だって、元は薬問屋の坊ちゃんだったそうじゃないか。身体の弱い妹の代わりに、ここへ売られたと聞いているよ」

「ええ。綺麗な顔をしていたので、お父さんが下働きより花魁にした方が稼ぐと見込んだんです。今度の子も、顔立ちははっきりしていて磨けば上等な禿になりそうですよ」

「そうして、末は男花魁か」

意味ありげに呟き、久弥は憂いを振り払うように再び佳雨の指へ口づけた。包帯を通して甘く息がかかり、そこからじんわりと微熱が広がっていく。あまりに正直な肌が恥ずかしくて、佳雨はそれとなく瞳を落として唇を噛んだ。

「こんなに早く来てくださるなんて、本当は思っていませんでした」

俯《うつむ》いて露《あら》わになったうなじへ、久弥の視線を痛いくらいに感じる。どうか、声には滲みませんようにと、妖しく疼く身体を堪えて佳雨は言った。

「おまけに、今晩は俺を貸し切ってくださった。お陰で、時計を見ずに一緒にいられます」

「また、そんな水臭いことを言う。おまえがいつまでもそんな調子だから、俺はなかなか自《うぬ》惚《ぼ》れられないでいるよ。佳雨、おまえの唯《ただ》一人の男が俺だってね」

「若旦那が、そんな弱気なお方でないことは知ってますよ」

くすりと微笑んで顔を上げ、間近から久弥を見つめ返す。

（久弥様……）

大事に大事に、胸の中で呼んでみた。

恋しい腕と、駆け引きとは無縁の唇が、自分を生まれ変わらせていくようだ。幾百と違う男に抱かれ、嘘で固めた睦《むつ》み事に慣れた身体が、まっさらな雪になっていく気がする。それは誰が踏み荒らした跡もない、久弥だけに蹂躙《じゅうりん》されることを望む雪だ。たとえ都合のいい錯覚だとしても、久弥の眼差《まなざ》しは佳雨に何度でも夢を見させてくれる。

「一昨日は、夜桜見物だけでお別れだっただろう？」

「え？」

短く佳雨の唇を吸った後、久弥は改めて抱き締めてきた。

「若旦那……？」

「あの後で、ちょっと後悔したんだ。俺は、少しばかり聞き分けが良すぎたってね」

「…………」

「鍋島様が見える晩だと、そう思って長居は遠慮したんだ。俺がごねたら、おまえが困るだろうと思って。だが、困らせてやれば良かった。家へ帰っても、桜なんかちっとも思い出せやしない。俺は、つくづく嫉妬深い男だと思い知ったよ」

「そんな…そんな風に仰らないでください」

溜め息に混じる自己嫌悪の響きは、押し殺していた佳雨の本音を引きずり出す。気がつけば夢中で久弥にしがみつき、狂おしい想いの中で唇を開いていた。

「好きです……久弥様」

「佳雨……」

「好きです、好きです。あんたが、俺の……」

「…………」

「最初で最後の人なんです」

久弥の頬に右手をかけ、一生懸命に訴える。これまで客に吐いた嘘の全部と引き換えに、ようやく口に出せた一言だった。信じてもらえようがもらえまいが、どのみち真心を言葉で伝えるなんて芸当は無理だ。だから、佳雨はひたすら久弥を見つめて、それ以上は何も言えなくなってしまった。

「知っているよ」

ふっと、久弥の瞳が優しくなる。

彼はそっと頬の右手を外し、そのまま強く握りしめた。

「俺が悪かった。意地悪なことを言ったね。だから、そんな顔をするな」

「でも……」

「紳士でいられなくなるぞ。いいのか？」

からかうような言葉に、小憎らしいほど魅力的な笑みが加わる。佳雨が思わず顔を熱くさせると、久弥は微笑んだまま唇を近づけてきた。

「ん……っ……」

先ほどの軽い接吻《せっぷん》とは比べ物にならない、深い口づけに目眩《めまい》が起きる。巧みに侵入してきた舌が、自在に口腔内《こうこう》を愛撫《あいぶ》した。佳雨は応《こた》えることも忘れ、ただひたすら久弥の動きに翻《ほん》弄《ろう》される。舌先で唇をつつかれ、強く吸われると、それだけで胸が快感に震えた。

「ひさ…やさ……ま……」

切れ切れに零れる音色《ねいろ》は、愛《いと》しい名前を呼ぶばかりだ。くり返される接吻に力は抜け、いつしか全身を久弥に預ける格好で、佳雨は今にもくずおれそうになった。

幾重にも羽織った花魁衣装が、こうなると歯がゆくて仕方がない。一刻も早く生身の久弥を感じたいのに、佳雨の身体は金襴緞子《きんらんどんす》とだらりの前帯で隔てられたままだ。床《とこ》を敷かれた隣の座敷へ抱いていかれ、絹の布団に下ろされた時には、焦れた瞳が情欲の露《じ》を含んで久弥を激しく求めていた。

「久弥様……」

「まったく、この強情者め。こういう時でしか、俺の名前を口にしない」

「わかっていらっしゃるくせに……そう苛めないでください」

「悪いな。日頃涼しげな顔で客をあしらっているおまえを、可愛くさせられる唯一の機会なんでね。佳雨、おまえは本当に不思議な奴《やつ》だよ。たくさんの顔を持っていて、どれ一つ劣るということがない。こうして閨《ねや》にいてさえ、油断すると別のおまえが出てきそうだ」

「そんなことはありません」

裾《すそ》を割り、太股《ふともも》にしっとりと久弥の愛撫が添う。その感触に溜め息を漏らしながら、佳雨は小声で震えるように答えた。

「俺はたった一人。久弥様の前では、素《す》の自分しかないんです」

「佳雨……」

久弥の身体が伸《の》し掛かり、左手で佳雨を悦《よろこ》ばせながら残りの手が帯にかかる。首筋に唇をつけ、鎖骨まで一つ一つの接吻を愛しむ様は、どれだけ大事に想われているかの証《あかし》に感じられてたまらなかった。

「あ……ぁ……」

いつしか着物の襟が大きくはだけ、肩までむきだしの肌が晒される。春の宵は絡み合う身体を一層甘く仕立て上げ、床の間に飾った桜の枝が、佳雨が乱れるたびに微かに揺れた。

「あぁ……久弥さ…ま……」

恍惚《こうこつ》と羞恥《しゅうち》の狭間《はざま》を行き来しながら、徐々に淫靡《いんび》な熱は高まっていく。久弥の指をしとどに濡《ぬ》らし、その手の中で形を変える佳雨の分身は、素直すぎるほど欲望に忠実だった。

潤《うる》んだ声音が「もっと」とせがみ、久弥の動きがそれに応える。合わさった胸から鼓動が響くと、擦れる体温が淫《みだ》らな情熱を更に煽《あお》った。

「衣擦《きぬず》れの音が、おまえの吐息に混じっている」

「え……」

「艶《なま》めかしいな」

さんざん乳首をねぶりながら、久弥がくすりと満足げに笑んだ。大胆に開かれた白い脚の付け根に、優雅な指が焦らしの円を描く。時折軽く爪《つめ》を立て、身じろぐ佳雨の反応を楽しむ様子は、隅々まで弱いところを知り尽くした余裕さえ感じさせた。

「一昨日の晩、言いはぐれてしまったが」

「なん…でしょう……」

「おまえ、身請け話が出ているのか？」

「え？　……あ、あぁっ」

一瞬の隙《すき》を突いて、久弥が力強く己《おのれ》を突き立てる。燃える楔《くさび》に貫かれ、頭の芯《しん》が霞《かす》みかけたが、どうしたことか久弥はそのまま動いてくれなかった。

「久弥…様……？」

「俺が登楼するのと入れ違いに、御機嫌で帰って行った男がいただろう。すれ違いざま小耳に挟んだんだが、佳雨花魁を身請けしたい、と楼主に話していたぞ？」

「あれは……」

「男の顔には見覚えがある。日本橋の料亭『蜻蛉《とんぼ》』の三代目だ。確か入り婿だから、佳雨を愛人にと考えているんだろう。違うか？」

「久弥様……」

そういうことか、と久弥を飲み込んだまま、佳雨は大きく息を吐く。

先日からどうも久弥の機嫌が悪く、そのくせすぐに通ってきたのは、嫉妬と不安の為《な》せるわざだったのだ。道理で、彼らしからぬ意地の悪い言葉を次々とぶつけてくると思った。

「あんなの、酔った勢いの戯《ざ》れ言《ごと》ですよ」

久弥と繋《つな》がった状態で僅《わず》かに身体を起こし、佳雨は相手のうなじへ右手をかける。中途半端にはだけた着物が、遅れてさらりと音をたてた。

「男花魁の身請け話なんて、お父さんだって本気にしてやしません。『蜻蛉』は老舗の立派な高級料亭ですが、三代目にそこまでの甲斐性《かいしょう》はありませんよ。街で見初めたお嬢さんを囲うのとは、わけが違うんですからね」

「そりゃあ、相手が花魁ともなれば莫大な金はかかるだろうさ。だが、おまえにはそれだけの価値がある。三代目も、そう思ったんじゃないのか？」

「見くびらないでくださいな」

汗の滲んだ額を猫のように擦りつけ、佳雨はにっこりと微笑んだ。

「俺は、あんたのものなんです。髪の毛一本、他人にはやりません」

「佳雨……」

「そういう心意気だってことです」

実際、他の男に抱かれて金を稼ぐ身として、これ以上の白々《しらじら》しい言葉はない。けれど、佳雨の本気はきっちり久弥へ伝わったようだ。身の内でどくん、と彼の雄が脈打ち、佳雨の唇から喘《あえ》ぎが零れた。

「あ……」

仰《の》け反《ぞ》る喉仏《のどぼとけ》へ舌が這《は》わされ、繋がった場所がいやらしく疼き出す。期待に速まる鼓動を懸命に宥めつつ、濡れた眼差しで佳雨は久弥と唇を重ねた。

「ん……ん……」

交わる唾液《だえき》が淫猥《いんわい》に響き、薄闇にねっとり散っていく。ゆっくりと組み敷かれ、緩やかな律動が始まる頃には、佳雨の意識はとうに霞んで夢と現《うつつ》の区別さえつかなくなっていた。

立てた膝《ひざ》が揺れ、腰骨が当たる。

荒い息遣いに色香が混じり、肢体《したい》が一つに溶け合っていく。

「あぁ……あああ……」

抑えても溢《あふ》れる喘ぎ声は、啜《すす》り泣いてでもいるようだ。だが、久弥の欲望に突かれ、内壁を擦られると、あまりに快感が強烈すぎて泣きそうになるのも本当だった。

感じすぎる身体が怖くなり、佳雨は必死に久弥へ手を伸ばす。あやすようにこめかみに口づけ、久弥がより深く己を沈めると、もう息をするのが精一杯だった。

「は……ぁ……っ」

ぐんと背中を反らし、限界まで受け入れる。久弥の肩甲骨《けんこうこつ》に立てた指が、汗で滑っていくのがわかった。互いの飢えを満たそうと、肌が隙間《すきま》なく重なり合う。吐息を絡め、うねる波に飲み込まれながら、佳雨と久弥は快楽の果てまで堕ちていった。


久弥の腕枕で目を覚まし、佳雨はそっと床を抜ける。脱ぎ捨てた緋襦袢《ひじゅばん》を手早く羽織り、簡単に身支度を整えると、月明かりに照らされて窓際に置いた福寿草《ふくじゅそう》の鉢が目に入った。

(さすがに、もう花は終わっちゃったな)

冬に咲く花が欲しい、と久弥にねだって、年末に贈ってもらった鉢。手間をかけて世話した甲斐があって、十日ほど前までは黄色いふっくらとした花が心地よく目を楽しませてくれた。以前に貰《もら》った朝顔の鉢も、今年の出番を待っている。久弥との逢瀬《おうせ》は刹那《せつな》だが、こうして植物を育てていると何か形が残るようで嬉しかった。

「起きたのか?」

掠《かす》れ気味の声が、優しくかけられる。佳雨は振り返って微笑み、まだ残り火のくすぶる身体で久弥の元へ静かに戻った。

「間もなく、日付けが変わります。若旦那、今夜はどういたします?」

「おいで、佳雨」

「え?」

「もう少し、一緒に眠ろう」

広げられた腕が、おまえの居場所はここだと言っている。佳雨は小さく頷き、幼子のように久弥の隣へ潜《もぐ》り込んだ。

「いいんですか、お帰りにならなくて」

「待っている家族がいるわけでなし、通いの家政婦がいるだけだからな」

「もしかして、まだ気になさっているんでしょうか。『蜻蛉』の三代目のこと……」

思い切って切りだしてみたが、闇に薄く笑う気配がするだけだ。やがて佳雨の身体をぐっと引き寄せ、久弥はいくぶん決まりが悪そうに口を開いた。

「俺は、浅はかで馬鹿な男だ」

「な、何を仰るんですか、突然」

言うに事欠いて、と佳雨はまともに驚く。

久弥は優秀な成績で帝大を卒業した後、二年間英国へ留学していた教養人だ。骨董商としてもかなりの目利きで、「父を凌《しの》ぐ切れ者だ」と馴染みの鍋島が評していたことさえある。子爵である鍋島家と『百目鬼堂』は代々の当主に付き合いがあり、二人は佳雨の客になる以前からの知り合いなのだった。

「そんなのは、ごく表面的なことだ。骨董は昔から好きだったし、俺の頭とは関係がない」

「でも……」

「おまえが、身請け話を受けるはずなどないのに。わかっていても、つまらない嫉妬をしてしまった。どうやら俺の覚悟とやらも、メッキが剝がれてきたかな」

「若旦那……」

自嘲《じちょう》気味な呟きに、佳雨は答える術《すべ》もなく沈黙した。

自分が意地を張り通しているせいで、愛する男を傷つけている。それなのに、僅かでも嫉妬されて嬉しいと感じてしまった。矛盾する愚かで身勝手な感情に、浅はかなのはこちらだと頭を下げたくなる。

『おまえを本気で独占したいなら、身請けをすれば済むかもしれない。だが、俺は廓で綺羅《きら》星《ぼし》のように輝いている、そんな佳雨も同じくらい愛おしい』

かつて、想いを通じ合わせた日に久弥はそう言った。

どんな上客がつこうと、佳雨は色物と揶揄される男花魁だ。それでも自分で自分を貶《おと》しめるのだけは避けたくて、己の立ち位置に誇りと価値を見出《みいだ》そうとした。久弥の言葉は、そんな思いを代弁し、生き方を肯定してくれるものだった。

(幸せに、わざわざ背中を向けるような真似をして)

どうしようもないな、と溜め息が出る。だが、どんなに惚れた相手でも金で久弥のものになるのは嫌だった。それだけは、どうしても譲れない。肩代わりした幼馴染みの借金は、最低でもあと五、六年は働かないと返せないだろう。それまで、久弥ができるだけ長く愛してくれさえすればいい。

「忘れてくれ。今のは単なる戯れ言だ」

あんまり沈黙が続くので、不意に照れ臭くなったらしい。久弥は早口でそう言うと、佳雨の前髪に軽く口づけた。こそばゆい感覚に笑みを誘われ、佳雨は「いいえ」と消え入りそうな声で答える。嫉妬など廓では手練手管の一つに過ぎないのに、相手が違うだけでこうもまろやかな気持ちにさせるなんて、真の恋とは本当に恐ろしいものだ。

「おまえにさんざん〝好きだ〟と言われて、妬《や》いてみた甲斐があったよ」

最後にはいつもの口調に戻り、久弥は柔らかく佳雨を抱き締めた。

希里が再び佳雨の前へ現れたのは、騒動のあった翌々日のことだった。

お職の花魁ともなれば、通常は複数の禿や新造の面倒をみるのが習わしだ。彼女たちの衣食住にかかる費用は、遊女として独り立ちするまで全て花魁の負担となる。その分見世への借金が嵩《かさ》み、年季が延びるという寸法だが、幸か不幸か佳雨には預かっている禿はいなかった。それは、見かけはどうでも佳雨が男である以上、女を側に置くわけにはいかないと嘉一郎が判断したからだ。

（だから、梓の後は多少の不自由も辛抱《しんぼう》していたんだけれど）

相当にきつく叱《しか》られたのか、今度は隣でトキや嘉一郎が何を言おうと表情を変えず、最後には畳に手を突いて殊勝に頭を下げてくる。だが、心を許していない証拠に、最後まで一言も言葉を発しようとはしなかった。

「おまえ、田舎は秋田なんだってね」

表面上は従順になったので、ひとまず安心と嘉一郎たちは部屋を後にし、ようやく佳雨は希里と二人きりになる。そこで、少しだけくだけた調子で話しかけてみたが、さすがに緊張しているのか、膝の上で揃えた両の拳《こぶし》は白くなるほどきつく握られていた。

「俺の仲がよかった友達もね、秋田から来た子だったんだよ。だから、なんとなくおまえとは初めて会ったような気がしない。希里ってのも、いい名をつけてもらったじゃないか」

「…………」

「おや、不満そうだね？　だが、仕方がない。ここでのおまえは〝希里〟なんだ。誰も本当の名前で呼びやしないし、知ろうとも思わない。そう割り切ることだね」

煙管《キセル》に煙草《たばこ》の葉を詰めながら、佳雨は妖艶《ようえん》に微笑んでみせる。煙草といえば紙巻きが一般的な今、珍しいものでも見たように希里の表情が僅かに変化した。

「なんだ、おまえ煙管を見たことないのかい？　ふふ、よその女郎屋じゃどうだか知らないが、うちは色街でも歴史が古くてね。しきたりやら文化やらと、楼主が頑《かたく》なに守り続けているんだよ。そこが受けて、上等な客筋を摑んでいるとも言えるけどね」

「俺は……こんたどご嫌だ……」

「………」

「まいんち汗まみれさなって、泥だらけで働きてぇ。おなごの格好して、おめみたいさなるのは死んだって嫌だ。なんただ貧乏だどって、おいだばそっちの方がええ」

「希里……」

初めて耳にした声が、悲痛な響きで佳雨の胸を抉《えぐ》る。

さんざん折檻され、反抗的な言動がどれだけ損か骨身に染みただろうに、それでも希里の気持ちは欠片《かけら》も負けたりはしていなかった。腫らした顔も、着物から覗《のぞ》ける縄の痣《あざ》が痛々しい手足も、彼の心を折ることはできなかったのだ。

(この子は、暴力に屈する子じゃない。そうは思っていたが……)

幼馴染みの初音《はつね》と同じ、懐かしい訛《なま》りが余計に悲しく迫る。彼女は花魁になる日を夢みていたが、病《やまい》に冒されて叶わなくなった。だが、男の希里には自分が身体を売る、という現実などどうあっても受け入れ難いのだろう。田舎で育ったのなら尚更《なおさら》、男花魁という生き物の存在は耳にしたことさえなかっただろうから。

「希里、おまえは売られたんだよ」

まなじりを上げ、冷ややかな声音で佳雨は言った。突き離すような物言いに、希里はビクリと細い肩を震わせる。だが、容赦《ようしゃ》はしなかった。

「泥水啜って生きようが、汗だくで地べたを這いずろうが、好きに生きたらいいだろうさ。だが、そいつは借金を返してからだ。おまえの親は、おまえを売った金で生き延びた。そのことを忘れちゃいけないよ。おまえがここにいることが、親を助けることになるんだ」

「とっちゃと…かっちゃを……」

「おまえ」

ずいっと顔を近づけ、怯《おび》えの混じった黒目を覗き込む。

「俺みたいにはなりたくないと、そう言ったね？」

「…………」

「上等だ。だったら、俺を凌ぐ売れっ妓《こ》になってみな」

「え……？」

「あの……」

思いもよらない一言に、構えていた希里はぽかんと口を開けた。

「こっちも、色街三本の大見世『翠雨楼』の裏看板だ。そうそう、舐《な》めた口をきいてもらっちゃ困るんだよ。なりたくない？　ふざけんな。おまえが俺より稼ぐ日がきたら、その時は土下座でもなんでもしてやろうじゃないか」

「………」

「まぁ、百年かかっても無理に決まってるだろうがね」

心から馬鹿にしたように笑んでやると、たちまち希里の顔に生気が戻った。強情な光が瞳を彩り、怒りを含んで睨み返してくる。まだ子どもとはいえ、手加減なしの言葉は真っ直《ます》ぐ突き刺さったらしく、彼は躊躇《ちゅうちょ》せず「本当だべな？」と言い返してきた。

「おいがおめより稼ぐようさなったら、こっちゃある部屋どご貰うど。ええんだべな？」

「へぇ、言うもんだ。ここがどういう部屋か、わかって言ってるんだろうね」

「あのクソじっちゃがしゃべってたった。昔、色街で一番の花魁が使ってだど。んだから、ここさ住めるのは一番稼ぐ奴だべさ。へば、おいが売れっ妓さなりゃおいのもんだべよ」

「その言葉、よく覚えておいてやるよ」

煙管に火をつけ、深く吸い込んだ煙をゆるりと吐く。艶めかしいその仕草に、希里は一瞬怒りを忘れて魅入《みい》られたように瞬《まばた》きを止めた。佳雨は胸の中でにんまりと笑うと、顔には出さずに澄まして煙管を吸い続ける。梓の場合とは違い、座敷へ出すのにもかなり日がかかりそうだが、希里の成長は新しい楽しみを与えてくれそうだった。

「それじゃ、話はここまでだ。廓に慣れるまで時間はかかるだろうが、早く馴染めばそれだけ生きるのが楽になる。無駄な強情は大概にして、自分の足元をようく見つめ直してみることだ。わかったね」

「…………」

「――返事」

カン、と鋭い音をたてて、煙管を火鉢の縁で叩く。

希里はハッと夢から覚めたような顔になり、渋々と頭を下げて「はい」と言った。


日本橋に店を構える『蜻蛉』は、創業百年を超える高級料亭だ。常連には政治家や実業家の他、士族や貴族も多く、社会的地位を得た人間は一度は暖簾《のれん》を潜《くぐ》ると言われている。

入り婿で三代目を継いだ豊蔵《とよぞう》は、元は板前の一人だった。腕の良さと几帳面《きちょうめん》な性格を見込まれて板長や先代に可愛がられていたが、いつしか一人娘の想い人となり、とんとん拍子に話がまとまったのだ。五十の声をきく現在は娘二人の父親であり、店も順調にもり立てている。骨董収集の趣味や、たまの色街通いものめり込むというほどではなく、気晴らしになるならと妻も目を瞑《つぶ》っていた。

「おや、どうしたね。右の人差し指を、怪我しているんじゃないか？」

「お見苦しくて、申し訳ありません。ちょいとヘマしちまいました」

目敏《めざと》く包帯に気づいた豊蔵に、三味線の手を止めて佳雨が詫びる。すると、向こうはすかさずにじり寄り、まるで割れ物でも労《いた》わるような動作で右手を両手で包み込んだ。

「いけないね、注意しとくれ。おまえの琴や三味を聴くのが、ここへ来る一番の楽しみなんだから。骨董なら修復屋がいるが、人間となるとそうはいかない」

「はい、気をつけます。三代目、あいすみません。撥《ばち》を置きますんで……」

「あ、ああ、これは悪かった。つい心配になってね」

慌てて手を引っ込める豊蔵へ、優しく微笑みを返す。遊郭に来る客は全員が遊女と寝ることを目的にしているわけではなく、幇間《ほうかん》や芸者を呼んで宴会をし、床入りせずに帰ることで粋《いき》を気取る者も多かったが、豊蔵はそれとはまた違っていた。根っから色恋の駆け引きが不得手なのか、佳雨の馴染みとなって一年余り、数えるほどしか閨を共にしたことはない。

（そういえば、初めてお声をかけてくださったのも、洋画家の河原崎《かわらざき》先生がお連れになったからだった。酔った勢いで無理やり引っ張りこまれたと、後で仰っていたものな）

だからこそ、豊蔵から身請け話が出たことが、佳雨には意外でしかなかった。贔屓にしてはもらっていたが、よもや愛人にと思い詰めるほどとは思わなかったのだ。

（確かに、このところおいでになる回数も増えて、だいぶご機嫌ではあったけれど）

撥と三味線を片づけ、急いで膳《ぜん》へ戻ると、豊蔵は手酌《てじゃく》で盃《さかずき》を傾けているところだった。

「あ、三代目。いけません、貸してください」

「いや、自分の配分で飲んだ方が気が楽だ。もともと、私はさほど飲めないし」

「でも……」

「そんなことより、おまえの本音を聞かせてもらいたいね」

ゆっくりと酒を呷《あお》り、豊蔵はにこやかに詰め寄ってくる。

「楼主もおまえも、酔った勢いでの戯れ言と思っているんだろう？　だがね、佳雨。私は本気なんだよ。これまで、あれこれと我慢ばかりの人生だった。ここいらで、自分に素直になってみようと思ってね」

「三代目……」

「身請け話、受けてはもらえないか？　おまえの借金は、全部私が綺麗にしてあげよう。本郷辺りに小綺麗な家を買い、気の利いた家政婦でも雇って、おまえはただ遊んでいればいい」

「………」

佳雨の借金は、幼馴染みの初音が背負った分を肩代わりしたものだ。もともと、姉の結婚で自分も一緒に色街から出られる誘いを、振り切るための方便でもあった。ただでさえ遊女上がりで苦労が目に見えているのに、何も廓育ちの擦れた弟まで連れていくことはない。そう思った佳雨は、姉に縁を切られるのを当て込んで、男花魁に身を堕とした。

(もちろん、それだけが理由じゃなかったが……)

大事なことは、もう一つある。自分の目と身体で、確かめてみたかったのだ。

姉が身体を張って自分を育てた、遊郭で生きるということを。

誇り高かった姉、雪紅。お職まで上り詰め、絢爛《けんらん》な仇花《あだばな》として多くの男を虜《とりこ》にした。望んで得た仕事ではないにしろ、彼女の存在を否定したくない。色と欲とにまみれた世界の、底の底に何があるのか、見つけてみたいと強く思った。

(その時は、自分が誰かに恋するなんて夢にも思っちゃいなかった。本当に、呆れるほど子どもだったんだな)

今、時間が巻き戻ったとしたら、はたして自分は同じ選択をするだろうか。

久弥に焦がれながら別の男に抱かれる日々を、理屈でねじ伏せることができるのか。

(考えても、詮無《せんな》いことではあるけれど……)

だからこそ、身請けなどとんでもない話だった。豊蔵の気持ちは嬉しいが、まったくその気がないことはわかってもらわねばならない。

「三代目、せっかくですが……」

「間夫《まぶ》への操立《みさおだ》てかい?」

「え……」

思いもよらない一言に、動揺しかけた表情を意地で瞬時に立て直す。豊蔵の口から、間夫などという言葉が出たのは今が初めてだった。

「最近、ちょくちょく耳にするようになったよ。佳雨、おまえにはいい人がいるそうだね」

「………」

「いいかい、よぅく考えてごらん。一時の熱病で、贅沢《ぜいたく》な生活と自由を棒に振ってもいいのかい？　いくら朴念仁《ぼくねんじん》の私でも、そんな愚かな真似はしやしないよ」

「いえ、あの」

「男花魁の身請けなど、滅多にあるもんじゃない。おまえんとこの楼主は、そう言っていた。私も、そう思う。だがね、おまえが〝はい〟と言ってくれたなら、私は最初の物好きになったっていいと考えているんだよ」

再び手を取られ、どうだね、と迫られる。豊蔵の言葉は有り難かったし、今後同じような申し出をしてくる客などいないだろう。しかし、だからといって頷けはしない。佳雨には、久弥への想いの他に「自分で生きていく」という目標があった。誰にも支配や束縛を受けず、行きたい場所へ自分の足で歩いていく力だ。

「三代目、もうそんなに苛めないでください」

自ら小首を傾《かし》げ、着物の襟元へ頬を寄せる。伏し目からゆっくり視線を上げると、豊蔵の手がたちまち熱を帯び、狼狽するのが気配でわかった。

「地位も名誉も……まして奥様とお子様までいらっしゃる三代目に、男狂いなんて噂が立ったらどうします？　色街での遊びは趣味と割り切れても、囲うとなれば奥様だって黙ってはいらっしゃいませんよ。身請けどころか、こちらへいらしていただくのも難儀なことになってしまったら、それこそ悲しいじゃありませんか」

「佳雨……」

「どうか、あんまり我儘《わがまま》を仰らないでくださいな。俺は、いつだってこの『翠雨楼』でお待ちしています。ささやかでも、その方が会えなくなるより幸せです」

そう言うなり、すっと素早く身体を引く。すっかりその気になっていた豊蔵は、当てが外れたような情けない顔で、佳雨を恨めし気に見返した。

「……三代目。いいえ、豊蔵様」

すっと畳へ三つ指をつき、凛《りん》と声を響かせる。

「申し訳ありません。身請けの話は、お断りします」

「………」

「どうか、堪忍してください」

真っ直ぐ目を見て、きっぱりと言い放ち、佳雨は深々と頭を下げた。一瞬前にしな垂れかかってきた人物とは思えない毅然《きぜん》とした態度に、豊蔵は返す言葉を失う。

だが、これで全てが終わったわけではなかった。

容易に手折《たお》れぬ花は、ますます人の欲をかきたてる。

折悪《おりあ》しく他の馴染みが登楼し、佳雨が座敷から離れた僅かな間に、豊蔵は何を思ったのか名代《みょうだい》も断っていそいそと階段を下りていった。

「佳雨……」

妖しい熱に浮かされたように、口から独り言が零れ出る。

「私はね、知ってしまったんだよ。諦めなければ、望んだ品は手に入るんだってね」

彼が向かった先は、楼主である嘉一郎の部屋だった。


江戸の華と謳われたのは、半世紀も昔のこと。かつての勢いは失いつつあるが、それでも色街には今尚、百五十近い妓楼《ぎろう》がある。そこで働いている遊女は四桁《けた》に上り、黒鉄の大門とお歯黒どぶと呼ばれる堀に囲まれた土地で年季が明けるまでの十数年を過ごすのだ。

遊女は昼と夜、二回にわたって籬《まがき》と呼ばれる紅殻《ベンガラ》の太格子の奥にずらりと並ぶ。そうして、通りがかった客から選んでもらって床へ向かうのが一般的だ。お職の花魁ともなれば安売りはせず、たとえば『翠雨楼』の表看板である藤乃などは滅多に顔など見せないが、それでも客は引きも切らず、張見世《はりみせ》をする必要などほとんどなかった。上級遊女を買う客は引手茶屋《ひきてぢゃや》に宴《うたげ》を設けて彼女を呼び、そこから睦み事の駆け引きを始めるからだ。最初の二回は触れることも叶わず、三回目でようやく床入りとなるのだが、それを「馴染み」という。

「ところが、男花魁はちょっとばかり成り立ちが変わっていてね」

昼見世の支度をしながら、佳雨は淡々と希里へ説明をした。

「三回目で床入り、てのは一緒だが、初めから張見世はしないんだよ。ずっと座敷でおとなしくしていて、お客様の声がかかるのを待っているんだ」

「なしてや？」

「そりゃ、色街へ来る男の大半は女を買いに来ているからさ。煌《きら》びやかな遊女に混じって男が座っていても、冷やかしの対象にしかならないだろ。ま、普通は男を買う時は陰間茶屋に行けば済む話だしね。河岸《かし》近くの長屋には、そういう切見世《きりみせ》だってないわけじゃない」

「へば、客はなんとしておめどご選ぶって？　顔もわかんねば、好きだか好きでねぇがもわがんねべ。ひぃんで殿様商売だねが」

着付けを手伝う男衆に教わり、希里は見よう見真似で帯に手をかける。彼が禿として働くようになって、まだ二日目だ。昨日、売り言葉に買い言葉でやる気になったのはいいが、相変わらず口を開けば憎たらしい。だが、少しずつ環境に慣れてくると見る物、聞く物が珍しいのか、だいぶ言葉数は増えてきていた。

「殿様商売が通用するんなら、皆がこぞって男花魁になりたがるだろうさ」

淡い桃色に薔薇《ばら》と流水をあしらった袷は、きりりと品のある佳雨の美貌によく映える。そこへ藍《あい》色のだらり帯を前で結び、揃いの打ち掛けを羽織った姿は、希里ばかりでなく美女慣れしている男衆さえ見惚《みと》れさせる美しさだった。

「いいかい、希里。男花魁は、評判を煽って客を取るんだ」

忘我の表情をした希里の鼻を、からかうように指で撥《は》ねる。先に現実へ立ち返った男衆がそそくさと挨拶をして部屋を出ていき、佳雨はやれやれと鏡台の前に腰を下ろした。

「評判を煽る……？」

「こっちへ来て、髪を梳《す》いておくれ。俺の頭は髪結いを頼む面倒はないが、今のおまえにはそれくらいしか役に立たないだろう」

「嫌味な奴だな」

しかめ面で後ろに立つ希里へ、透《すか》し彫《ぼり》の入った柘植《つげ》の櫛《くし》を渡す。手入れの行き届いた艶《つや》やかな黒髪は、巷《ちまた》の遊女のように油で固めていない分、触れられるたびに白いうなじへさらさらと波打った。久弥が愛しんで、よく口づける自慢の髪だ。佳雨は鏡に映る仏頂面に向かい、再び口を開いた。

「男花魁は人前には出ず、買ったお客の口の端《は》に上るように振る舞うんだよ。もちろん、良い話でなきゃいけない。思わず他人へ吹聴《ふいちょう》したくなる美貌、芸上手、床上手ってね。なまじ実物を拝めないもんだから、どれだけ評判を高めるかで違ってくる」

「面倒くせな。なして、そんた回りくでぇ方法取るってか？」

「そうやって、客筋を絞ってるのさ」

「客…筋……？」

「ああ。手間を惜しまず、評判だけで大金をはたこうっていうお方は、相当な遊び人か金持ちと決まっているだろう？　冷やかしや物珍しさから男を買おうっていう厄介な客は、この段階でだいぶふるい落とされる。まぁ、完璧《かんぺき》とは言えないけどね」

だからね、と佳雨は微笑んだ。

「男花魁には、上手く運べば上等な客ばかりがつく。そうなれば、馴染み客の数は少なくても表を張る遊女たちにも負けない稼ぎができるというわけさ。俺が、こんな風に雪紅姐《ねえ》さんの部屋を使えるわけがわかったかい？」

「そいだば、おめが雪紅って花魁のおんちゃ（弟）だからだべさ」

「……また父さんか……」

雪紅が身請けされて、もう二年が過ぎる。しかし、楼主の嘉一郎は今でも彼女が最大の誇りなのだ。『翠雨楼』に活気を呼び戻し、多くの遊女たちの憧《あこが》れでもあった雪紅は、その面影を楼主部屋に飾られた写真の中へ留《とど》めている。

「まったく、お父さんにも困ったもんだ。誰かれ構わず、そういう話をするんだから」

「あのじっちゃ、おめど雪紅はよく似た姉弟《きょうだい》だど言っただど。んだから、雪紅の客がまんまこっちゃ来たんだべさ。わんざわざ煽らねたって、突出しめぇから大評判だったどよ」

「お父さんは、少し大袈裟《おおげさ》なんだよ」

少々ウンザリとして、もういいからと佳雨は希里の手を止めた。返してもらった櫛は、何を隠そう雪紅が使っていた物だ。彼女は佳雨が男花魁になるのを反対し、ついには姉弟の縁を切ってしまったが、何も言わずに幾つかの支度道具を置いていってくれた。

「ま、確かに雪紅姐さんを持ち出されたら否定はできないな。俺は、そういう意味ではだいぶん助けられているよ。他の男花魁にも、やっかまれたくらいにね」

「ほがのおどご花魁？　おめ以外に、まだいるってが」

「そりゃあ、いるさ。うちの見世なら、おまえの兄さん分にあたる梓という子がいるし、昔ながらの悪友に銀花という奴がいる。色街全体だと、片手分くらいかな。年末に梓が加わって、ようやく五人という程度だけど」

「五人……」

「おまえが無事に突出しを済ませれば、栄《は》えある六人目というわけさ」

「………」

希里は、トキから無理やり着させられた女物の着物をまじまじと見つめ、愕然《がくぜん》とした様子で溜め息を漏らす。将来、自分がその中に数えられることを想像し、暗澹《あんたん》たる気分に襲われているようだ。口先だけは立派だが、まだまだ覚悟が足らないね、と佳雨は鏡越しにひっそりと笑いを嚙み殺した。

――と。

「あの……」

廊下に面した障子越しに、遠慮がちな声が聞こえる。

「佳雨さん、いらっしゃいますか」

「梓かい？」

驚いて名前を口にすると、ためらいがちに「……はい」と返事がきた。その頼りない響きに、何があったんだろうと俄《にわ》かに胸騒ぎがする。独り立ちした梓が部屋を訪ねてくるのは、正真正銘今日が初めてだった。

「構わないから入っておいで。ここには、希里しかいないから」

「いいんですか？」

「昼見世の時間、俺のお得意様は滅多にいらっしゃらない。おまえも知っているだろう？」

「すみません……」

消え入りそうな声の後、するすると障子が開かれる。廊下に膝を突き、緋色の綸子《りんず》地に総鹿《か》の子《こ》の文様が入った愛らしい着物姿の梓が、浮かない顔つきで控えていた。

「梓、紹介しておこう。この子が、新しい禿の希里だよ」

「希里……」

「廓に慣れたら、直に禿から引込み新造だ。何しろ、もう十四だからね。おまえの跡を継いで、お稽古事《けいこごと》も始める予定になっているんだよ」

「そう…ですか……」

いくぶん声音に緊張が混じり、梓は凛とした目つきで希里を見る。二人の少年はまともに視線をぶつけ合い、互いに相手を観察し始めた。希里は新入りだからと頭を下げる殊勝な性格ではないし、梓は己の後釜《あとがま》ということで複雑な心境になっている。ある程度予測はしていたが、どちらも一歩も引かない様子で、しばし息苦しい沈黙だけが続いた。

「……梓」

大概にしな、と佳雨が窘《たしな》めると、ようやく張り詰めた空気が和《やわ》らぐ。梓は面白くなさそうな顔で座敷へ入ると、まるで希里など最初からいなかった素振《そぶ》りで佳雨へ向き直った。

「突然、すみません。もう、あんまり気安くお邪魔してはいけないと思ったんですけど」

「俺は別に構わないよ。見世の人間はいい顔をしないが、おまえは分別というものを知っている。俺に懐《なつ》きすぎてお勤めを疎《おろそ》かにする、なんて心配もないだろうし」

「僕と佳雨さんは、この見世で二人だけの男花魁でしょう。あんまり仲良くすると、商売に差《さ》し障《さわ》りが出ると思われているみたいです。そんなこと、ありっこないのに。僕、佳雨さんからはきちんとその辺のけじめは教わったつもりです」

見世でも上等な二間続きの部屋をあてがわれ、梓は突出しの晩からそこで寝起きをしている。佳雨の部屋とは棟《むね》が違い、行き来をするには番頭が目を光らせている中央の玄関広間を突っ切らねばならないこともあって、同じ屋根の下にいながらなかなか顔を見るのも叶わな

いのが現状だった。

「希里、もうここはいいから下がっておいで。トキさんに、廊下の拭《ふ》き掃除を言い付けられているんだろう？　何か用事ができたら、すぐに呼ぶから」

「わかった」

むっつりと頷く希里に、梓はサッと顔色を変える。態度が悪いだけでなく、その乱暴な言葉遣いはなんだ、というわけだ。けれど、佳雨が許している風なので、出しゃばって口を出す真似はしなかった。

「さて、これでやっと二人だけになった」

希里が出て行ったのを待って、改めて梓へ微笑みかける。

「あの子の無礼は、俺に免じて許してやっておくれ。まだ自分の立ち位置が、ちゃんと摑めていないんだよ。おまけに、強情な性格ときたもんだ。だいぶ手を焼かされているよ」

「でも、綺麗な顔をしていますよ。少々目つきはきついし、気位が高そうだから取っ付きは悪いけれど……廓の水にもっと馴染めば、いずれは人気が出るんじゃないかな」

「おまえも、言うようになったもんだ」

すっかり一人前の口調に、佳雨は夜桜見物の客あしらいを思い出した。今をときめく実業界の大物を、無邪気な笑顔で手玉に取る様を見て、久弥は大笑いをしていたのだ。

「……で？　わざわざやってきたのには、ちゃんと理由があるんだろう？　いいから、遠慮しないで話してごらん。俺でできることなら、力になるから」

「佳雨さん……」

黒砂糖のような大きな目が、不意に弱々しく力を失った。見た目は甘く、可憐《かれん》に咲き誇る石楠花《しゃくなげ》のような風情だが、梓は滅多なことでは弱気を顔に出さない。それだけに、佳雨は心配でたまらなくなった。

「どうした？」

「実は…その……」

それでも、切り出すのにはなかなか勇気が必要らしい。あまり長く座敷を留守にはしておけないし、見世の人間が目敏く見つけたら話が始まる前に連れ戻されてしまう。内心、佳雨が焦れた思いでいると、ようやく心を決めたのか、梓が正面から訴えてきた。

「佳雨さん、お願いがあります。鍋島様がいらしたら、夏目《なつめ》……夏目蒼悟《そうご》さんがどうされているか、訊いてはもらえませんか。厚かましいお願いですけど、どうか……」

「夏目蒼悟って……おまえの水揚げ相手だった、あの夏目様のことかい？」

「そうです。蒼悟さんは、僕の初めての人です」

しっかりと頷く姿は、すでに先刻の梓ではない。覚悟を決め、強くあらねばと背筋を伸ばしている、一人の少年のものだった。

（梓……いつの間に、夏目様のことを……）

意外な展開に戸惑い、佳雨はすぐには返事ができない。

夏目蒼悟は、佳雨の一番の馴染み客である鍋島義重《よししげ》の庶子だ。義重が十六の時、年上のピアノ教師に産ませた子どもで、確か二十三歳になるとか言っていた。音大出の彼は色街でヴァイオリン弾きとなり、あちこちの座敷で活躍をしていたが、ひょんなことから梓に一目惚れをし、紆余曲折《うよきょくせつ》を経て水揚げ相手に選ばれたという経緯《いきさつ》がある。

だが、どういうわけか蒼悟が『翠雨楼』へ出入りするのは、その夜が最後となった。だから、それきり梓とも顔を合わせてはいないはずだ。それなのに、梓は夏目の様子が気にかかるという。

「あの……佳雨さん」

「え？　あ、ああ、ごめんよ。ちょっと頭が混乱して。ええと、夏目様とおまえは……」

「別に将来を誓った、とかそんなんじゃないんです。ただ、手紙のやり取りをしていて。なんてことない近況報告だったり、他愛もない内容なんですけど、僕の水揚げの後から週に一度くらいずつ来てました。それが、二月の末からぱったり止《や》んでしまったんです」

「すると、そろそろ三週間ってところか。それくらいなら別に……」

「あの人は、そんないい加減な人じゃありません。馬鹿がつくくらい真面目で、誠実な方です。佳雨さんだって、それはよくご存知《ぞんじ》ですよね？」

「それは……」

梓の言う通りだったので、またしても佳雨は返事に詰まる。確かに、蒼悟は色街に出入りする人種とは思えないほど一本気で純真な青年だった。涼やかな外見と不器用さを表すような地味な眼鏡《めがね》が、今でも鮮やかに思い出せる。彼は梓を女の子だと思い、一目会いたさに佳雨の元へ通い続けたのだ。名代で梓が座敷へ来ることに、僅かな希望を託しながら。

「僕、別に蒼悟さんとどうこうなろう、なんて思ってません」

「梓……？」

長い睫毛《まつげ》を何度か揺らし、梓はきっぱりと言い切った。

「本当です。水揚げの晩、あの人は僕を迎えに来ると言いました。身請けできるくらいお金を貯《た》めて、いつか必ず会いに来るって。だけど、僕はそんなことどうでもよかった。こんな商売をしていて明日どうなるかもわからないのに、今を我慢して何になるっていうんです」

「………………」

「先のことより、今の僕を……いろんな人と寝て変わっていく僕を、ちゃんと見届けてほしかった。百目鬼堂の若旦那のように、まるごと引き受けてくれたら……そうしたら」

続く言葉を、梓は故意に止める。

夢中で話したものの、自分でもまだその先には考えが及ばないのだろう。

無理もない、と佳雨は思った。佳雨自身、久弥に恋するまで将来のことなど何一つ想像できなかったのだ。今を生きるのに必死で、明日なんて考えるだけ無駄な気がした。

（梓は、あの頃の俺と一緒だ。まだ恋の自覚さえない。他人の慰み者だという現実に負けまいと、足を踏ん張っているだけで精一杯なんだ）

天性の明るさと聡明さで、逞しく華やかに男花魁としての人生を踏み出したと思っていたが、やはり内実はそう単純なものではなかった。夜桜の晩、そこまで汲《く》み取ってやれなかった己が佳雨は情けない。

「わかったよ。俺に、任せておおき」

「佳雨さん」

「鍋島様は、仮にも夏目様の実父だ。よもやの事態を知らないわけはないし、何かあったなら耳に入っているだろう。詳細がわかったら、希里を使いに出すから。いいね？」

「……はい。恩に着ます」

「よしとくれよ。おまえは、可愛い弟じゃないか」

以前のように右手を伸ばし、柔らかな髪を優しく撫でる。梓は照れ臭そうに目を閉じて、束の間幼い顔に戻った。

（夏目様……か。色街でのヴァイオリン弾きも、とうに止めてしまったらしいが）

認知されているとはいえ、蒼悟は母を悲しませた鍋島家と距離を取っており、実際はどこまで義重が事情を摑んでいるか心もとない。だが、週に一度の手紙が途切れて一ヶ月近くもたつのなら、やはり蒼悟の身には何かが起きたと考えるべきだろう。彼は、梓を何より大事に想っていた。理由もなしに、心配なんてかけるはずがない。

昼見世の客と遊女が、二階番の若い衆に案内されて階段を上ってくる音がした。そろそろ戻る時間かと、梓は名残惜しげに立ち上がる。裸足《はだし》の爪はまだ子どもといってもいいくらいあどけなく、いつぞや久弥が自分の足を「いじらしい」と言っていたのはこういう意味だったのかと佳雨は思った。

「それじゃ、僕もう行きます。佳雨さん、本当にすみません」

「大丈夫。何かわかったら、すぐに知らせるよ。おまえは余計なことを考えず、きちんと勤めを果たせばいい。こっちは、希里の仕込みさえ済めば楽だから」

「はい。……あ、新しい鉢だ」

ふと目線を窓際に移し、梓は顔を明るくする。

「朝顔同様、御自分で世話してらっしゃるんですね。若旦那がくださったんでしょう？」

「ああ、福寿草だよ。おねだりして、買っていただいたんだ」

「どうせなら、花屋ごと買わせればいいのに。佳雨さんは、相変わらず欲がないですね」

「いいんだよ」

懐かしい口調に笑みを零し、佳雨は花の終わった鉢を愛おしそうに見つめた。

「若旦那には、金で得られないものをたくさんいただいているから」

「そうか……そうですよね」

いくぶん元気が出たのか、声に張りが戻っている。梓はきりっと顎《あご》を上げると、佳雨へ向かって力強く微笑みかけた。

「さっき、夏目様の身請け話を〝どうでもいい〟なんて言っちゃったけど」

「うん？」

「本当は、僕、そう言われた時とても嬉しかったんです。有り難いと思いました。旦那様方と寝るのが嫌で嫌で仕方ない夜は、何十遍も何百遍も思い出しました」

「梓……」

「先のことなんか、まだちっとも考えられないけど。辛い時、縋《すが》れる約束があるのはいいもんですよね。叶うとか叶わないとか、そんなのこそ……どうでもいい」

そう言って、梓は静かに身体を寄せてくる。佳雨はそっと彼を抱き止め、その髪を撫でながら何度も「そうだね」とくり返した。

「佳雨さんの匂い。懐かしいな……」

儚《はかな》く呟き、梓は溜め息をつく。

見世のあちこちから、遊女と客の嬌声《きょうせい》や呼び込みの声が賑やかに聞こえてきた。

「梓が、そんなことを？」

盃を傾ける手を止め、久弥が意外そうに問い返してくる。佳雨は黙って頷き、憂いを秘めた眼差しでお銚子をそのまま膳へ戻した。

「そうなんです。夏目様は誠実な方ですし、ぱったり手紙が途絶えるなんて何か事情があったとしか思えないんですよ。可哀想《かわいそう》に、思い余って相談にきたんでしょう。お願いします、と俺へ何遍も頭を下げていました」

「ふぅん。あいつ、おまえの前では可愛いんだな」

「若旦那」

見当違いな呟きに呆れ、きつく久弥をねめつける。悪かったよ、と苦笑いをして、彼は改めて盃を空《から》にした。

梓が相談してきた晩、一日空《あ》けて久弥が再び『翠雨楼』へやってきた。このところ時間に余裕があるのか、頻繁に顔を出してくれるのが申し訳ない反面、やはり嬉しい。

（足繁《あししげ》く通ってくださるから、人目にもつきやすいんだろうけど……）

彼が佳雨の情人なのは嘉一郎も薄々気づいており、だいぶ警戒されているようだと開口一番、冗談交じりに言っていたが、それは佳雨の方も同じだ。久弥の金払いがいいのと、佳雨が貢《みつ》いでいる様子がないのとでお目こぼししてもらっているが、間夫のいる娼妓とわかれば白《しら》ける客も少なからずいる。また、佳雨に関してはそんなことはないが、娼妓の方で他の客を取りたがらなくなるので妓楼としては歓迎すべからぬ事態なのだ。

おまけに、今は少々厄介な問題が立ち上がっている。

「梓のことも心配だが、おまえの方はどうなんだ？」

「俺ですか？　俺は……」

「………」

「やっぱり、お父さんから聞きましたか」

意地の悪い沈黙に耐えかね、佳雨は早々に観念した。どのみち、次に久弥と会ったら話をしようとは思っていたのだ。黙っていたところですぐに知られるだろうし、先日のような気まずい思いはしたくない。

久弥に会える時間は限られている。

だからこそ、呼吸一つでさえ無駄にはしたくなかった。

「先だっての身請け話、『蜻蛉』の三代目から正式にお父さんへ申し込みがありました」

「ほら見ろ。だから、俺は戯れ言なんかじゃないと言ったんだ」

「すみません……」

「あ、いや、そうじゃない。佳雨、おまえが悪いわけじゃない。俺も、この間のことはだいぶ反省したんだよ。おまえが花魁である以上、こういう話が出るのは当然だ。まして、おまえは魅力的だ。独り占めしたくなったって、無理もないさ」

自戒の意を込めているのか、久弥はやたらと生真面目《きまじめ》に答える。佳雨の元へ通い始めた頃、何を考えているんだかまるでわからず、のらくらと真意を隠していた男と同一人物とはとても思えない正直な顔だった。

「なんだか、酒も回らないうちからこういう話をするのは気まずいな」

「そうですね」

「そうですね、じゃないだろう」

今度は、久弥が呆れる番だ。やけに落ち着き払った佳雨の態度を見て、彼は業《ごう》を煮やしたように口を開いた。

「佳雨、俺が心配しているのは、おまえを『蜻蛉』の三代目に奪《と》られることじゃない。楼主にたてついて、まずい立場にでも立たされたらってことなんだぞ」

「若旦那……」

「おまえのことだから、賢く立ち回るだろう。そうは思っていても、蚊帳《かや》の外の俺にはやきもきするしかない。……くそっ。自分の気持ちってのは、案外思い通りにはいかないもんだな。俺は、もっと冷静な人間だと信じていたんだが」

今まで知らなかった感情を味わわされ、久弥は困惑しているようだ。人を好きになったことがない、だから胸の真ん中がいつも涼しい、そう言って佳雨を悲しませた彼は、同じ口で嫉妬と独占欲を語っている。素直に嬉しがってはいけない我が身を呪いながら、佳雨は自分の盃からいっきに酒を呷った。

「おい、佳雨……」

「困ったもんですね」

「え？」

「俺と若旦那は、矛盾だらけだ」

久弥の指に指を絡ませ、花が揺れるように身体を近づける。

「男花魁の俺が好きだと仰ったのに、人並みな嫉妬は抑えきれない」

「……ああ」

「俺も一緒です。自分で望んで留まったくせに、他の男に抱かれるたびに若旦那が恋しくなる。それじゃ、馴染みの旦那衆にも申し訳がありません。己の身勝手さに、辟易《へきえき》します」

「…………」

お互いに、踏み込んでしまえば避けられない葛藤《かっとう》なのはわかっていた。それでも、相手の手を取ってしまったのだ。今更な繰り言だと自嘲しながら、理屈では割り切れない想いが佳雨をいつになく素直にさせていた。

「あんたと恋仲になった時、俺は〝後悔しない〟と自分へ誓いました。操を立てることも叶わない商売ですから、いつ捨てられたって仕方がない。いえ、若旦那の真を信じていないわけじゃありません。逆です。いつまで、若旦那は俺を信じてくださるだろうかと」

「……馬鹿だな」

「ええ、馬鹿です。そんな格好つけたこと言っておきながら、若旦那の苦しそうな顔を見ると……やっぱり後悔しちまいます。情けない、まだ肝が据わってないんです」

「………」

「捨てないでください」

縋るように見つめ、自然と声が零れ落ちた。

一生に一度、これきり二度と口にはしないと心で呟き、久弥の頬へ指を伸ばす。

「ずっと、とは言いません。そんなお願いは分不相応です。でも、後生《ごしょう》ですから、今はまだ花魁でいる俺を捨てないでください」

「佳雨……」

久弥は絶句し、ただ魅入られたようにこちらを見返していた。佳雨が初めて聞かせた泣き言は、それほど大きな衝撃だったのだ。

毅然と背を正し、凜として意地を張り通す。色街きっての、類《たぐ》い稀《まれ》な美貌の男花魁。そんな風に世間は評価するけれど、佳雨はまだ十九歳だ。煌びやかな花魁衣装を脱げば、そこにはたった一つの愛にしがみつく、孤独な青年がいるばかりだった。

「おまえの弱気を、ようやく聞けたな」

「若旦那……？」

「〝捨てないで〟……か。遊女の常套《じょうとう》文句だが、おまえがそんなことを言うのは、きっと後にも先にもこれきりだろう」

そう言うと、久弥は穏やかに微笑んで、頬に当てられた指を上からそっと握りしめる。残りの手で佳雨の前髪をかき上げると、彼は遠い過去を懐かしむような目をした。

「佳雨、幼かったおまえに、俺が言った言葉を覚えているかい？」

「当たり前です。あの一言が、ずっと俺を支えてくれたんですから」

戸惑いながらも、佳雨はしっかりと頷く。

『いつか堂々と自分の美貌を誇れる日がくるといいね』

当時、まだ帝大の学生だった久弥は姉のお使いで簪《かんざし》を取りにいった少年の佳雨と出会い、別れ際にそう言ったのだ。前髪を下ろし、好奇と冷やかしの対象でしかなかった容姿を隠すようにして生きていた佳雨は、その言葉で小さな勇気を得た。

「おまえは、ちゃんとその通りになった。顔の造作だけではなく、振る舞いから心根まで、誇り高く美しくなった。それなのに、俺に〝捨てないでくれ〟と言うんだな」

「…………」

失望させてしまったか、と不安が胸をよぎる。しかし、次の瞬間、久弥は破顔するなりきつく身体を抱き締めてきた。

「わ、若旦那？」

「まいったな。これ以上の殺し文句はない。ああ、単純な男だと笑ってもいいさ」

「え……」

「佳雨が、初めて弱いところを見せてくれたんだ。喜んだっていいだろう。おまえは、いつだって無理して背伸びして、確かにその姿に惚れはしたが……同時に歯がゆくもあった。全てを曝《さら》け出せないのは、それだけ俺に甲斐性がないせいだろうと」

「そんな…そういうことじゃありません」

慌てて否定したが、抱き締める腕は一層強くなる。久弥は佳雨の髪に指を埋《うず》め、小さな溜め息をついてから囁《ささや》いた。

「待っているよ、佳雨」

「………」

「思わぬ身請け話で動揺はしたが、俺の気持ちだって変わっちゃいない。俺は、こうして腕の中で震えるおまえも、高嶺《たかね》の花と謳われ咲き誇るおまえも、どちらも愛おしいと思っている。その心に偽りはないし、俺が自分で選んだ愛し方だ。おまえがとことん意地を貫いて、いつか俺のところへ帰ってくるのを……俺はいつだって待っている」

だけど、と続けて久弥は言う。

「こんな風に、時々は弱い顔を見せてくれ。抱き締める以外なんにもしちゃやれないが、佳雨の気が済むまでこうしているから。――いいね？」

「……はい」

「ん、どうした？」

「はい……久弥様」

きゅっと背広の襟を摑み、佳雨は温かな胸へ顔を押し付けた。赤子のように素のままの顔を、見られるのが恥ずかしかったからだ。優しく甘い体温に包まれた自分は、なんて幸せなんだろうと思う。たとえこの先、二人を分かつものがあったとしても、久弥のくれた言葉と温《ぬく》もりの記憶は決して誰にも奪えはしない。

「お父さんが、どう言ったか知りませんが」

固い決意を秘めて、佳雨は言った。

「身請けのお話は、その場できっぱりお断りしました。第一、男花魁なんか請け出してどうしようっていうんです。世間体は悪いし、きっと奥様やお子様まで色眼鏡で見られます。ひいては、百年続いた御商売にも差し障りがありましょう。そう言いました」

「それで、あちらは納得したのか？　楼主の口ぶりじゃ、諦めてはいないようだったが」

「三代目は、何か勘違いなさっているんです。今まで、男花魁を身請けしようだなんて物好きは一人もいませんでした。お父さんだって、最初は冗談かと思っていたんですから。けれど、俺がけんもほろろに断ったので、意地になったのかもしれません。以前は、あんな無茶を言い出す方ではなかったんですが……」

「成る程ね……」

何か思い当たることでもあるのか、久弥はしばし考え込んだ。それから、佳雨を抱いたまま、妙に深刻な様子で口を開く。

「佳雨、巷では今、神隠しの噂が出ているのを知っているかい？」

「神隠し……ですか？」

唐突に飛び出した話題に、はて、と佳雨は首を傾げた。世間の噂は色街にいても耳へ入ってくるが、このところ身請け話や希里の面倒にかかりきりで他へ頭が回っていない。久弥は表情から察したらしく「そうか」と短く答えると、改めて話し始めた。

「まぁ、まだ単なる噂にすぎないし、事件かどうかもわからないんだが。実は、このひと月くらいで銀座、日本橋辺りの人間が三人も行方知れずになっている。中年の男が二人と女が一人。いずれも、そこそこ裕福な家の者だ。だが、誘拐にしては身代金の要求がないし、家出だとすればあまりに突然すぎる。荷物も貯金もそのまんまで、ある日外出先からふっつりと消えてしまうらしい」

「どなたも、見つかっていないんですか？」

「そのようだよ。ほら、俺の帝大時代の友人に九条《くじょう》信行《のぶゆき》という刑事がいるだろう？　役職付きのくせして、相変わらず興味を覚えた事件に首を突っ込んでは現場の者に煙たがられているんだが、あいつが〝どうも気になる〟と言ってコツコツ調べているんだよ」

「九条様なら、よく覚えています。何しろ、命の恩人ですからね」

以前に巻き込まれた遊女の心中事件で、あわや犯人に焼き殺されるところを九条に間一髪で助けてもらったことがある。端整で人の好《よ》さげな顔を思い出し、佳雨は「でも……」と疑問を口にした。

「神隠しなんて怖い話ですが……どうして、それを俺に？」

「実は」

久弥が、深刻そうに眉《まゆ》をひそめる。

「一番最初に消えたのが、『蜻蛉』の奉公人なんだよ」

「え？」

「さっき話した三人より以前に、行方知れずとなっている。なんでも、田舎から昨年出てきたばかりの子どもだそうだ。主人の豊蔵から使いを頼まれて、そのまま帰って来なかった。それが、今年の一月末のことだ」

「ちょうど、二ヶ月前ですね」

佳雨の言葉に軽く頷き、久弥は言葉を繋いだ。

「その時はどこぞへ逃げたかかどわかされたか、と言われていたんだが、間が空いたとはいえ近くで三人続けて似たような失踪《しっそう》があったんで、ひょっとしたらその子も関係あるんじゃないかと九条は言っている」

「…………」

「『蜻蛉』の三代目、豊蔵は〝自分が遅くまで用事を言いつけたからだ〟と、当初からずいぶん責任を感じてね。以来、人が変わったように癇癪《かんしゃく》を起こしたり急に上機嫌になったりと、情緒不安定で周囲を心配させているらしい。佳雨、男花魁のおまえを身請けしよう、なんて言い出したのもそのせいかもしれない」

「そんなことが、あったんですか……」

情緒不安定、という言葉には、なんとなく得心のいく思いがした。豊蔵の尋常ならざる執着ぶりは、客あしらいを得意とする身でも弱り果てるほどだったのだ。それまで馴染みとしてたまに通ってきてはいたが、三回に二回は床入りをせず、佳雨の三味線で長唄《ながうた》を吟じたり、四方山話《よもやまばなし》で時を過ごしたりと、彼は趣味人の色が強い客だった。

「俺を気に入ってくだすったのも、色抜きで話ができるから、と仰っていました。そう、確か骨董品にも大変な興味をお持ちで、『百目鬼堂』の名前が出たこともありますよ」

「なんだか、心臓に悪いな。俺が間夫だということは、承知だったのか？」

「さぁ、それは……」

苦笑いをしてはぐらかし、佳雨はゆっくりと身を起こす。

「ともかく、身請けについては心配しないでください。今ここで借金が清算されるより、あと数年俺を働かせた方がずっと得だってことは、お父さんだってわかってますよ。三代目は上得意ですから、御機嫌を損ねるのを危ぶんでいるだけです。なに、そこは俺の腕の見せどころ。上手く切りぬけてみせましょう」

「ようやく、普段のおまえらしくなったな」

佳雨の酌で盃を呷り、久弥は頼もしそうに笑った。それから、ふと思い出したように「そういえば、新入りはどうした？」と尋ねてくる。

「新造出しもまだだし、座敷の掃除にでも駆り出されているかな」

「ええ。口を開けば生意気なことばかり言いますが、なかなかどうして働き者です。同じ年頃のどの禿より、掃除洗濯とよく働きますよ。それに草花の手入れにも詳しいってんで、花の終わった福寿草の世話を教えてもらっています」

「なんだ、おまえが生徒なのか。あべこべじゃないか」

「あれと朝顔だけは、他人任せにはできません」

澄まして答えた矢先、廊下で当の希里が声をかけてきた。

「花魁、お客がきた。鍋島様だ」

「鍋島様が？　わかった、すぐ行きますと伝えておくれ」

「あ、ちょっと待ってくれ」

無言で立ち去ろうとした希里を、障子をからりと開けて久弥が呼び止める。面食らう希里に愛想よく微笑みかけ、彼は（戻っておいで）と手招きをした。

「おまえ、用事を済ませたらここに来るといい。何か、美味《うま》いものでも仕出し屋から取り寄せよう。それで、少しばかり話し相手になってくれないか」

「え……」

「客の要求とあっちゃ、見世側も怒れないだろう。いいね、佳雨？」

「俺は構いませんが……」

思いがけない誘いに、希里ばかりか佳雨まで戸惑いを隠せない。だが、義重には梓からの頼まれ事もあるし、一番大切な馴染みでもあるので、顔を出したらそう簡単に引き上げてこられないのはわかっていた。久弥の申し出は、それを見越してのものだろう。

「俺のことはいいから、おまえは鍋島様の座敷へ行っておいで」

「若旦那……」

「今夜は、どのみち長居はできないんだ。希里を相手に夕飯を食って、後はおとなしく家へ帰るとするさ。佳雨、鍋島様によろしく伝えてくれ」

「え？」

「嫌味じゃないぞ？」

思わせぶりな笑みを浮かべ、久弥は希里へ視線を戻す。二人のやり取りをポカンと見ていた希里は、慌ててしかめ面を作るとそのまま踵《きびす》を返して駆けて行った。

義重は佳雨の水揚げ相手であり、政財界に広く影響力を持つ鍋島子爵の長男でもある。現在は鍋島家の経営する銀行の副頭取を務めているが、ゆくゆくは一族の当主の座を約束された美丈夫で、趣味の深さ、美意識の高さにも定評のある生粋の紳士だった。

「蒼悟が手紙を？　それは初耳だね」

愛用の江戸切子《きりこ》のぐい呑《の》みに注《つ》がれた酒を、彼は優雅に喉へ流し込む。義重に用意された膳や食器は全て彼の趣味に合わせた特別な品で、その采配《さいはい》を任された佳雨は見事に好みに適《かな》う品々を揃えてみせ、義重を大層喜ばせた過去があった。

「それは、いかにも真面目な蒼悟らしい。あれきりここへは顔を出していないそうだが、やはり廓通いはあいつの性格には合わないんだろう」

「そうですね。俺も梓の水揚げ前に何度か通っていただきましたが、さすが鍋島家のお血筋だけあって涼やかで品のある青年でした。梓が慕うのもわかります」

「蒼悟は、病気で床に就いているんだよ」

「え……」

意外な事実を知らされ、佳雨の微笑が僅かに強張《こわば》る。だが、義重はさして重大な素振りも見せず、静かに酒で唇を湿らせてから言った。

「病気といっても、風邪をこじらせた程度だから心配はいらない。だが、それまでの無理な生活が祟《たた》って体力が落ちていてね、しばらくは養生しているようにと医者からきつく言われている。それで、手紙が出せなくなったんだろう」

「本当に、心配はないんでしょうか」

「庶子とはいえ、鍋島家の四男だ。万一のことがあってはいけないから、うちの婆《ばあ》やに付き添わせている。なんなら、婆やを呼んで容態を話させてもいいが……」

「いえ、そこまでしていただかなくとも。そうですか、風邪でしたか。では、どうかお大事にと蒼悟さんへお伝えください」

何にせよ、大層な事態でなくてひと安心だ。佳雨がホッと安堵の息を漏らすと、義重は少し興味を引かれたのか、ぐい呑みを膳に置いてこちらを見つめてきた。

「鍋島様？　どうされましたか？」

「今夜のおまえは、些か退屈だな。佳雨、他人の世話など焼くのは止めなさい。おまえは、綺麗でいるのが最上の務めだ。人の事情にあれこれ心を乱されては、世俗にまみれて安っぽくなってしまう。それでは、おまえの価値は台無しだよ」

「…………」

まるで美術品や骨董に対するような物言いだが、義重の言うことはある意味正しい。客が大枚をはたいて自分を買うのは、他の遊女にはない価値を見出しているからだ。その期待に応えられずして、裏看板を名乗る資格はない。

「――はい。以後、気をつけます」

久弥との逢瀬《おうせ》で浮かれる心を、すっぱり見抜かれた気がした。佳雨は居住まいを正し、強い心で愛しい面影を追い払う。目の前にいる客を満足させること、それだけが己の存在価値なのだ。一時でも忘れたら芯が崩れ、久弥以外の男に肌を許せなくなってしまう。

「そうそう。時に、『百目鬼堂』の若造は元気にしているかな？」

「鍋島様……」

「隠さなくともいい。先客が彼なのは、とっくに承知だよ。だが、見たところ少々湿り気が足りないようだ。まだ、触れてもらえなかったんだね？」

少しだけ意地悪な微笑は、義重が機嫌を直した証拠だ。返事に窮する佳雨を抱き寄せ、その重みを慈《いつく》しむように腕に力を入れる。不意の仕草に溜め息が零れ、佳雨は身内からじんわり熱が高まるのを感じていた。

「若旦那は……」

「ん？」

「鍋島様によろしく、と仰っておいででした」

目線を上げて伝言を口にした途端、義重の目が見開かれる。次いで彼は愉快そうに瞳を細めると、そのままゆっくりと佳雨の唇を吸った。

「……ぅ……」

幾度も丁寧に重ねられ、吐息が次第に濡れてくる。柔らかく啄《ついば》まれ、舌を搦《から》め捕られると、年月をかけて義重に仕込まれた身体が微熱にゆるりとほどけてきた。

「あ…っ……」

鮮やかに帯へ手がかかり、胸元が妖しく乱れて素肌が覗く。手入れの行き届いた指が、すかさず滑るように差し挟まれてきた。触れられた場所が欲情に湿り、匂い立つ艶めかしさが佳雨の全身を包んでいく。軽く仰け反り、薄目をおそるおそる開くと、予想外に優しい眼差しとぶつかった。

「うむ。良い塩梅《あんばい》の熱になった。若造に焦らされて、程よく熟したかな」

「そんな……若旦那とは、お話…だけで……」

「惚れた男だ。目に入っただけで疼くのが、恋というものだろう」

「あぁ……あ……」

懸命に押し殺して尚、溢れる声。

その音色が義重を楽しませることを、佳雨はよく知っている。だが、引き合いに久弥の名前を出されるのは正直切なかった。その想いが更に自分を乱れさせ、感じやすくさせている皮肉さも、義重によって何度も思い知らされている。

「鍋島さ…ま……」

そのまま畳の上に押し倒され、はだけた裾から太股を淫靡《いんび》に撫でられる。伸し掛かる義重の身体に、佳雨は再び目を閉じて息を吸い込んだ。

はいどうぞ、と豪華な天ぷらの膳を目の前へ出されても、希里は畏《かしこ》まったまま手を出そうとしない。頼りない身体を更に縮こませ、窮屈そうに正座したきり、険しい顔で黙りこんでいる。隣に座った久弥は気にせず手酌でしばらく酒を飲んでいたが、あんまり相手が強情を張り続けるので終いには可笑《おか》しくなってしまった。

「何か、おかしい……ですか」

たどたどしく、希里が声を絞り出す。無理して方言を抑えているのか、仏頂面にますます拍車がかかるようだった。

「俺が田舎もんだから、それで笑っているんですか」

「え？　ああ、いや、そんなことはないよ。第一、ここの遊女はほとんどが地方から買われてきた子たちばかりだ。客の方だって、似たようなものさ。東京の土産《みやげ》話に、色街へ来る者も多いからね」

「でも、若旦那も佳雨も、東京の人……でしょう」

自分の兄さん分に当たる相手を呼び捨てか、と苦笑いをしながら、久弥は身体ごと希里へ向き直る。膳の上では、せっかくの衣《ころも》が油を吸って、海老《えび》やイカがしんなりとしていた。

「まだ、こちらへ出てきたばかりなんだろう？　だったら、無理をしないで故郷の言葉で話せばいい。確か、おまえは秋田の出身なんだってね。佳雨の一番の友達が秋田の子だったから、おまえの訛りが懐かしいって喜んでいたよ」

「……客の前では、しゃべりません」

「どうして？」

「クソ爺《じじい》とクソ婆《ばば》あが、目を光らせてる。聞かれたら、また布団部屋で折檻だ」

「…………」

確かに、着物から覗ける細い手首にはうっすら赤い傷が残っている。縛られた痕《あと》か、と胸が切なくなったが、久弥は気づかない素振りで再び横を向いた。次いでおもむろに箸《はし》を手にし、塩を振ったかき揚げと海老を立て続けに口へ入れる。しばらく、そうして美味そうに天ぷらを堪能《たんのう》していたら、とうとうやせ我慢できなくなったのか、おずおずと希里が箸を持ち上げた。それでも知らんぷりを通すと、すぐに箍《たが》が外れたようにガツガツと頬張《ほおば》り始める。その食いっぷりたるや、餓死寸前の浮浪児のようだった。

「ちゃんと嚙まないと咽《むせ》るぞ」

さすがに呆れて口を挟んだが、聞いているのかどうかもわからない。懸命に箸と口を動かす様は、久弥が知っているどの禿や新造よりも生命力に満ち溢れていた。

（成る程。見た目は無愛想で冷たいが、中身の激しさとの落差が興味深い。楼主は、面白い子を連れてきたな。この子が佳雨の元でどう変わるか、先行きが実に楽しみだ）

佳雨の馴染みになるまで、あちこちの遊郭で気まぐれに遊んでいた久弥は、久しぶりに磨き甲斐のありそうな子どもだと愉快になる。年齢的にも廓の生活に慣れたらすぐ新造出しとなり、いろんな稽古事に通わされる日々が始まるだろう。

そうして、梓や佳雨がそうだったように、二年後には男花魁として生きることになる。本人がどれだけ嫌がろうと、借金が返せない限り他に道はないのだ。後は、どれだけ腹を括《くく》っていけるか、その一点にかかっていた。

（だが、まぁ……この子なら、大丈夫そうだ）

あっという間に膳の料理をたいらげ、味噌汁《みそしる》を啜っている姿に、何物にも屈しない逞しさが感じられる。大体、佳雨の手を焼かせたというだけでも大したものだった。見かけはたおやかでも、佳雨ほど強《したた》かで勝ち気な人間を久弥は他に知らない。

「……ごちそうさま……でした」

ようやく人心地がついたら、急に久弥の視線が気になったらしい。いかにも決まり悪げに呟くと、希里はぐいと乱暴に右手で口元を拭《ぬぐ》った。質素だが趣味のいい女物の着物が、不機嫌な顔とあまりに不釣り合いで逆に微笑ましい。久弥は上着の内ポケットからハンカチを取り出すと、希里に近づいて改めてその口元を拭いてやろうとした。

「い、いいよ。汚れるからっ」

「可笑しなことを言うね。ハンカチは、そのためにあるんだよ？」

「そんな高いもんで、拭くことなんかない。勿体ねぇよ」

「汚れたら、また洗えば済むことだ。それより、もうお腹《なか》は一杯になったかい？　なんだったら、もっと他の料理を持って来させてもいいんだよ？」

「………」

「ん？」

「いらない。贅沢なもんばかり食いつけたら、普段の自分が惨《みじ》めに思えるだけだ」

抵抗は止めたものの、飼い慣らされはしない、という意思表示だろうか。おとなしくハンカチで拭かれながら、それでも希里はきっぱりと言い切った。子ども扱いをして、上からの目線で話をしていたのを咎《とが》められたようで、久弥は思わずハッとする。どんなに幼くても、親から引き離され、一人でここへ来た時点で希里は大人にならねば、と決心していた。

「おまえは、要領の悪い奴だね」

「大きなお世話だ」

溜め息混じりに出た言葉に、ムッとして希里は言い返す。だが、久弥はハンカチをしまうと、尊敬の意を込めてもう一度言った。

「その器量なら、ちょっと愛想を振りまくだけで幾らでも可愛がられるだろうに。つまり、安売りはしない、というわけか」

「別に、難しいことはなんにも考えてねぇよ」

「いずれ、おまえにもわかるさ。その気性は、おまえの容姿あってこそ許されるってね」

「…………」

謎かけのような言葉に、希里はきょとんと目を丸くする。だが、しばらく何事か考え込んだ後、眉間《みけん》へ皺《しわ》を寄せながらポツリと口を動かした。

「そしたら、俺も佳雨みたいになれるのか？」

「え？」

「俺、あいつに言われたんだ。自分より売れっ妓《こ》になってみろって。そしたら、この部屋をくれるって。土下座だってなんだってしてやる、それまでは文句言わずに働けって」

「佳雨が……」

いかにもあいつらしい、と苦笑が零れ出る。負けん気の強い希里はまんまと乗せられ、色街で生きる決心を固めたのだろう。心根さえ決まってしまえば、己の誇りにかけても滅多なことで芯が揺らいだりはしないものだ。

（だが……部屋を譲るとは、豪気な賭《か》けに出たもんだ）

この部屋を明け渡す——そんな日が、はたして来るのだろうかと久弥は思う。

想いを通い合わせる前から、自分が佳雨の特別だということは知っていた。客の待つ座敷へ次から次へと渡り歩く彼が、久弥のことだけは必ず自分の部屋へ通していたからだ。それだけ、佳雨にとってこの場所は大きな意味を持つ。

「だけど、俺はこんな格好は嫌だ。佳雨みたいに飾り立てるのは、もっと嫌だ」

久弥の物思いを破って、希里が小さく吐き出した。

「なんでわざわざ女の着物を羽織って、旦那衆の相手しなきゃなんねぇんだ。ここは遊郭だろ。遊郭には本物の女が幾らだっているのに、男に女の格好させて何が面白いんだよ」

「それが、色街流の遊び方なのさ」

あまりに真《ま》っ当《とう》な意見すぎて、却《かえ》って白々しく聞こえるのはどうしてだろう。自分も、かなり色街の毒に侵されている、と思いながら、久弥はやんわりと言った。

「第一、容姿も芸事も人並み以上と認められた者以外、男花魁にはなれない。煌びやかな衣装は、彼らの美しい顔を引き立てるためのものだ。おまえ、佳雨に今の格好が似合わないと思うかい？」

「思わ……ねぇけど……」

「じゃあ、構わないじゃないか」

「なんか……よくわかんねぇ」

憮然《ぶぜん》とした面持《おもも》ちで呟き、今度は切り口を変えて尋ねてくる。

「若旦那は、佳雨の間夫なんだろ？　男のくせに、なんで男が好きなんだ？」

「う……っ」

「格好のことは、まぁいいや。佳雨が似合うのも認めてやる。けど、どんなに綺麗でも、あいつ男だぞ。着替え、手伝ってるから知ってる」

「………」

こういう真っ直ぐなところは、やっぱりまだ子どもだ。あまりに素直な問いかけに、久弥はなんだか猛烈な恥ずかしさを覚えた。真面目に答えるのが誠意ってものだろうが、正面から切り出されると、無性に反発したくなる。

どうはぐらかそうかと意地悪な算段をしていたら、不意に希里が目元を赤くした。

「でも……俺、ちょっとだけなら、若旦那の気持ち、わかるよ」

「え……」

「なんか、佳雨のいるところって居心地いいもんな。あいつ自身は嫌な奴だけど、この廓内のどこより落ち着ける。俺、ここへ来た最初の日にクソ爺に布団部屋へ入れられたんだ。そしたら、夜中に佳雨が飯を持ってきてくれた。あん時、殴られた俺の顔を軽く撫でていったんだけど、痛みがすうっと引いてびっくりしたよ」

「そうか……」

どんなに憎まれ口を叩いてはいても、心で感じたことにまで悪態はつけないようだ。久弥は微笑み、「だから、俺も佳雨が好きなんだよ」と答えた。

「〝も〟ってなんだよ、〝も〟って」

「まぁ、いいじゃないか。細かいことは気にしなくても」

早速文句をつけられたが、笑ってあっさり受け流す。希里は再びしかめ面になり、しばらく納得しかねる様子でいたが、やがて思い切ったように改めて顔を上げてこちらを見た。

「ん、どうした。まだ、何か質問があるのか？」

盃を傾ける手を止めて、久弥は優しく問いかける。

「いいから、遠慮しないで言ってごらん」

「あの…さ……」

「うん？」

「若旦那は、思ってたよりいい人みたいだ。だから、その……」

「………」

「外の人なら、もしかして知ってるんじゃないかと思って」

緊張した目で詰め寄られ、和《なご》やかだった空気が一変した。希里は身じろぎもせず、ただ刺すような目つきでこちらを見ている。一体、何事かと久弥は内心身構えたが、努めて顔には出さないようにして次の言葉を待った。

「教えてほしいんだ」

希里は、恐怖を堪えるようにきつく己の着物を膝で握りしめる。

だが、その口から出たのは意表を突く一言だった。

「『蜻蛉』って料亭の奉公人が、神隠しに遭ったってのは本当か？」


希里の姿が見えない、と大騒ぎになったのは、それから三日後のことだった。

その日の午後、割れた福寿草の鉢が中庭で見つかったので、皆は「粗相《そそう》をした希里が怒られるのを嫌さに逃げ出したのだ」と噂する。だが、大門の脇《わき》には詰め所があり、大見世から集められた若い衆が遊女の脱走を阻止するために交代で寝ずの番をしているはずだ。その目をかいくぐって逃げのびることなど、子どもには到底無理な芸当に思われた。

「まったく冗談じゃないよ。佳雨ちゃん、あんなによく面倒みてたのにさぁ」

姉女郎の白玉《しらたま》が、あられもない緋襦袢姿で先刻から紙巻き煙草を吹かしている。「うちの裏看板は、いびって禿に逃げられた」と、面白おかしく話を盛り上げる遊女たちに心底腹をたてているのだ。心配して佳雨の部屋を訪ねてきた時から、彼女はやり切れなさをごまかすように引っ切り無しに煙草へ火をつけていた。

「ここの女郎は、藤乃を筆頭にあんたを目の敵《かたき》にしてるもんね。佳雨ちゃん、気にすることないよ。あんたの味方だって、たくさんいるんだから」

「大丈夫、いつものことだ。気にしてやしないよ」

夜見世まで少し時間があるので、妓楼の男連中は色街を探し回っている。このまま日暮れまで見つからなければ、まず希里は戻ってこないだろう。それが本人の意思ならいいが、と佳雨は憂鬱《ゆううつ》な思いで壊れた鉢の破片を眺めた。

「その鉢ってさ、例の若旦那に貰ったんだろ？　可哀想なことしたね」

「多分、掃除の時にでもうっかり窓から落としたんだろう。あの子がやったかどうかはわからないが、もしそうでも若旦那は許してくださるよ。それより、希里の身が心配だ」

「心配？　あんたって子は……」

半分呆れ気味に溜め息をつき、白玉はやれやれと苦笑する。

「でも、本当にどこ行っちゃったんだろうねぇ。子どもの足で逃げ切れるもんじゃなし、見つかったらまた折檻だよ。足抜けともなりゃ他の妓《こ》への示しもあって、相当ひどい目に遭わせられるのに……」

「足抜けだったら、ね」

「なによ、佳雨ちゃん。あんた、違うとでもいいたいの？　こんなとこ、誰だって隙あらば逃げたいって思ってるよ。わざわざ他人の借金背負って自分から飛び込むなんて、そんな酔狂な真似すんのはあんたくらいなもんよ」

「相変わらず、白玉姐さんは手厳しいな。雪紅姉さんにそっくりだ」

「あらやだ、そう？　そうかな？」

雪紅の弟からお墨付きをもらったとあって、彼女は満更でもない様子だ。実際、姉女郎とはいえ彼女は一つ年下で、禿時代から雪紅に憧れ続けている。（相変わらず可愛いなぁ）と胸の中で呟き、佳雨はまた物憂《ものう》げな表情へ戻った。

（希里……本当に、どこへ消えちまったんだろう）

皆は足抜けだと決めてかかっているが、佳雨にはどうしてもそうは思えない。

希里が男花魁になるのを嫌がっていたのは事実だが、佳雨の煽りにまんまと乗って、いずれ『翠雨楼』一の売れっ妓になってやると宣言したのだ。あの強情っぱりが、自分が口にしたことを安々と違《たが》えるとは考え難い。

（それとも、俺の買い被《かぶ》りだったのか……）

白玉が言うように、遊郭なんぞ機会さえあれば逃げ出したいと思うのが人情だ。まして、希里は買われてきたばかりで、田舎が恋しくなっても無理はない。

足抜けか、それとも誰かにかどわかされたのか。

少しは打ち解けてきたかと思った矢先の出来事に、佳雨の心は不安と落胆の狭間でますます重たくなるのだった。

その晩、佳雨は再び久弥に誘われ、満開となった夜桜を見物に外へ出た。

「おや。若旦那は、色街の桜はお好みじゃなかったんじゃありませんか？」

「意地が悪いな、佳雨は」

笑って嫌味を受け流し、久弥は紳士然として見世から佳雨を連れ出す。今を盛りと咲き誇る桜並木は、夜風が吹くたびに華やかなうねりとなり、周囲へ惜しげもなく花弁を撒《ま》き散らしていた。

「壮観だな」

さすがに一瞬見惚れて足を止め、夜空を仰《あお》いで久弥は呟く。佳雨も倣《なら》って人混みの手前で立ち止まり、同じ空を見つめながら言った。

「毎年、今時分は雨や花冷えで時期が読めませんが、今年は思う存分咲いてくれましたね」

「そういえば、そうだな。満開の直前に降られて、よく花見が潰《つぶ》れたりしたもんだ」

「そういうのを、〝桜雨《さくらあめ》〟っていうんですよ」

「桜雨……」

佳雨の言葉をくり返し、久弥はようやく視線を戻す。

「おまえの名前と、正反対だな」

「え？」

「これからっていう時に降って花弁を散らす雨と、時期を心得てここぞという時に降りだす雨。おまえが春を司《つかさど》っていたら、嫌というほど桜を堪能できるだろうに」

「野暮ですね、若旦那」

ゆっくりと歩き出しながら、佳雨は控えめに笑った。先日の夜桜見物とは打って変わり、格子に千草色の縞《しま》をあしらった柄《がら》が雪洞の灯《あか》りにふわりと浮かび上がる。桜の邪魔をしてはいけないから、着物はいっそこれくらい抑えた方が粋というものだ。

「いつ散るかわからないから、綺麗なんじゃありませんか。一分一秒を惜しむように味わうのが、桜の楽しみ方だとは思いませんか？」

「切ないことを言うね」

久弥は苦笑いをするが、それも道理だ。彼が愛する骨董品は、桜とは真逆に時を超えた美しさを留めている。しかし、男花魁はどちらかというと桜に似て、普通の女郎より煌びやかな反面、盛りの時期は短いのだ。永遠の美を愛《め》でる彼が、刹那のこちら側に惹《ひ》かれてしまったのはどういう運命の悪戯だろう。

「おまえこそ、野暮な質問をする」

降る桜の下を並んで歩きながら、久弥は事も無げに答えた。

「骨董を抱いて寝ても、温かくはないじゃないか」

「そういう問題ですか」

「おまえが、そのことに気づかせてくれたんだよ、佳雨」

穏やかな瞳で微笑まれ、柄にもなく照れ臭くなる。だが、不意に目の端を掠《かす》めた子どもの姿に、佳雨はたちまち顔を曇らせてしまった。

「どうした？」

目敏く気づいた久弥に、隠し事はできないな、と思う。

「希里が、帰ってこないんです……」

「ああ、聞いたよ。昼間、足抜けしたんだって？」

「皆はそう言いますが、俺には納得いきません。あの子は、妙に意固地なところがある。俺に向かって啖呵《たんか》を切った以上、逃げ出すはずはないんです。まして、福寿草の鉢を割ったお咎め怖さに……なんて、考えられません」

「希里も同じ話をしていたが、おまえに啖呵を切るとは大したタマだな」

「いえ、先に切り出したのはこっちですが。あんまり〝男花魁なんか嫌だ〟と煩《うるさ》いので、俺を凌ぐ売れっ妓になってから言えって。そうしたら、受けて立ったんですけど」

「そうらしいね。ぜひ、その場面を見てみたかったよ」

興味深そうに瞳を輝かせ、冗談とも本気ともつかない口調で久弥が言った。佳雨の気の強さを誰よりよく知っているせいか、想像に容易かったのだろう。

（この通り、若旦那は大人で気の好いお方だ。福寿草の件も気になさらなかったし）

登楼の際に早々に詫びてあるが、思った通り久弥は少しも機嫌を損ねなかった。新しい鉢に植え替えて、元気を取り戻すか試してみようと言ってくれ、この一件はあっさり片付いたのだ。そのことからも、やはり壊した鉢は希里が失踪した理由にはならないと、佳雨は思いを新たにしていた。

「俺も、おまえと同意だよ。あの子は、こそこそ逃げ出すような子じゃない」

「若旦那……」

「数日前、おまえの代わりに希里を座敷へ呼んだろう？　あの時少し話をしたんだが、なかなかどうして利発でしっかりした子だったよ。おまえのことも、そう悪くは言っていなかった。廓にはまだ馴染んでないようだったが、あそこは独特の世界だから仕方がない。あ、それと女物の着物は嫌だと文句を言っていたな」

「それが贅沢だっていうんです。着る物もなく路頭に迷う人間だっているのに、屋根があって食事が出て、布団で眠れるんですよ？　自分で稼いだ金で買ったんなら、まだしも可愛げがある。俺のお下がりが、そんなに気に入らないんですかね」

「あの子の服は、おまえのお下がりか。成る程、趣味がいいと思っていた」

「若旦那、感心している場合じゃありませんよ」

横道に逸れそうになる話を、顔をしかめて引き戻す。それだけ、希里が心配なのだ。部屋付き禿になって日は浅いが、一度引き受けた以上、情も湧《わ》くし責任もある。

「わかった。おまえがそんなに心配なら、九条に頼んでみよう。あいつなら顔が広いし、人探しは専門だ。万一色街から逃げ出したんだとしても、無一文の子どもなら浮浪児の集団に混じっているかもしれない。いずれにしても、一人で悩んでいるよりいいだろう」

「本当ですか。恩に着ます」

有り難い申し出に表情を晴らしかけ、あっと佳雨は再び目を伏せた。

「あの……若旦那」

「なんだい？」

「若旦那は、その……がっかりしませんか」

「え？」

なんのことかと訝《いぶか》しむ彼へ、勇気を出して先日義重から言われた言葉を打ち明ける。あんまりお節介がすぎると所帯臭くて白ける、と要はそういう話なのだが、義重特有の言い回しのせいか、なんだか妙に心に引っかかっていた。

「そういうことか。いかにも、鍋島様が言いそうな台詞《せりふ》だなぁ」

「笑い事じゃありませんよ……」

「ふぅん、佳雨はけっこう傷ついているようだ。妬けるね」

軽口を叩いて佳雨を困らせ、久弥は「ははは」と声を出して笑う。その調子からみても彼が気にしているとは思えなかったが、浮かない顔を可愛いと思ったのか、おもむろに上げた左手でぽんぽんと後ろ頭を撫でられた。

「鍋島様と俺は、愛し方が違う」

「若旦那……」

「俺は、とっくに目が眩《くら》んでいてね。おまえのやること為すこと、全てが愛しくて仕方がない。だから、無用な心配はするな」

「情熱的ですね。泣いちまいそうだ」

「茶化《ちゃか》すなよ。お、美味そうだな」

目についた夜店で綿菓子を買い求め、一つを佳雨へ手渡しながら久弥は言う。

「残念だな。希里もいれば、買ってやれたんだが」

「十四ですからね。もう喜ぶ年じゃないかもしれませんよ」

そう言いながら桃色の舌を出し、ふわふわと頼りない菓子を味わっていたら「おまえに言われたくはないだろう」とまた笑われた。あまりに穏やかで幸せな時間に、佳雨は本気で泣きたくなる。手にした綿菓子で顔を隠すと、久弥は気づかない振りでしばらく黙った。

あちこちの見世からお囃子《はやし》や嬌声が流れ、酔っ払いの鼻歌が耳を掠めていく。点々と続く雪洞の灯りに、はらはらと散る桜が夢のように映った。夜店に群がる子ども、お零れを狙《ねら》って後をついていく野良猫。紅殻の格子越しに、女郎たちが冷やかし客と喧嘩《けんか》をしている。

「しかし、気になるな」

ポツリと、沈黙を破って久弥が言った。

「よもや、例の神隠しってことはないだろうか」

「希里のことですか？」

「ああ。見目の良い子だから、かどわかしの線も考えないではない。だが、わざわざ遊郭から攫《さら》ってくるなんて危険すぎる。万一見つかれば、犯人だって裏から裏へ消されてもおかしくないところなんだぞ。けれど、自分から逃げるような子じゃないようだし……」

「神隠し……」

「先日は言いそびれたんだが、実は巷の神隠しは俺にも無関係とは言えないんだよ」

「どういうことでしょうか」

またぞろ、嫌な予感が首をもたげてくる。盗まれた五品の骨董を巡り、久弥はいろいろと危ない橋を渡っているようなのだ。もしやそっち関係かと危惧《きぐ》していたら、あっさりと表情を読まれてしまった。

「佳雨は賢いな。なんでもお見通しだ」

「じゃ、やっぱり」

「盗まれた五品のうち、漆の文箱の手掛かりがみつかった。神隠しにあった三人の中に、そいつの行方を知っていそうな人物がいたんだ」

「本当ですか？　確か、昨年の蛍狩りの時に追っていらっしゃいましたよね」

「よく覚えているな」

本気で感心した声を出されたが、その夜、佳雨は初めて久弥と結ばれたのだ。忘れようとしても、忘れられるはずがない。

「あの時は空振りだったが、今度は確実な線なんだ。九条が神隠しについて調査をしていると言っただろう？　それでわかったんだが、消えた三人には一つだけ共通点があった」

「共通点……裕福な家の方だとは伺いましたが」

「金持ちによくある趣味だ。――骨董だよ」

「え……」

「三人は、消える前にいずれも同じ骨董屋に出入りをしていた。それも、普段はあまり寄りつかないような店だ。いわゆる、盗品専門の……ね。表向きはガラクタ屋だが、盗品の出物があると顧客へ連絡がいく。俺には子飼いの情報屋がいるが、すぐには市場へ出なかったので今頃になってようやく文箱だけ浮上した」

「割れた花瓶と青白磁の鉢は確か同じ人物が裏で関係していたようですが、まさか今度も？」

「どうも、そうらしい」

佳雨の質問に、久弥は真剣な顔つきで頷いた。

蔵から盗まれた五品のうち、発見されたのは今のところ二点。青白磁の鉢は落語家の小楽《こらく》師匠が持ち主となり、花瓶は夏目蒼悟の母親が譲り受けていた。久弥の調べで持ち込んだのは男らしいというのだけはわかっているが、小楽は頑として由来を話さないし、蒼悟の母親はすでに鬼籍となっている。

「俺の情報屋はなかなか優秀なんだが、それでも『男』だということくらいしか摑めていない。だが、盗品屋から文箱を買った人間がその三人の中にいるはずなんだ。そいつに訊けば、文箱の在り処《あ か》と男の正体がわかるかもしれない」

「それなら、盗品屋に直接尋ねたらどうですか。九条さんに立ち会ってもらえば……」

「残念ながら、それは難しい」

落胆の色を隠しもせず、苦々《にがにが》しく久弥は溜め息をついた。

「盗品屋は、すでに店を畳んで行方をくらましていた。ちょうど、『蜻蛉』の奉公人が神隠しにあった直後のことだ。盗品屋の店頭に、彼が長いこと佇《たたず》んでいた姿を通行人が見ている」

「そんな……」

「多分、『蜻蛉』の三代目が言い付けたお使いとやらも、盗品屋に絡んだものだと思う。この情報は先日の段階ではわからなかったんだが、知った時はちょっとぞっとしたよ。どうも、盗まれた骨董は悉《ことごと》くおまえと縁があるようだ」

「…………」

なんと答えればいいのか、すぐには考えがまとまらない。

ただ、これまでの事件を振り返ってみても、確かに偶然と呼ぶには盗まれた骨董との巡り合わせが多すぎた。おまけに、今度は自分を身請けしようと言い出した豊蔵が、盗品屋と何か関《かか》わりがあるらしい。挙句《あげく》に奉公人は行方不明、盗品屋は失踪となれば、キナ臭い匂いがぷんぷんとする。

「おまえがそういう顔をするから、話すのを躊躇していたんだ」

綿菓子の最後の一口を割り箸から舐め取り、久弥は（まいったな）という目をした。

「打ち明けついでに、もう一つ新事実がある」

「え？」

「希里から聞いたんだが、神隠しに遭った奉公人は同じ田舎の幼馴染みだそうだ」

「本当ですか？」

「ああ。向こうが一年早く奉公に出ていたんで、東京で再会できるのを楽しみにしていたらしい。ところが自分は遊郭に売られ、気軽に大門から外へ出られない身となってしまった。初めから反抗的だったのには、そういう理由も含まれていたんだろう」

なんてことだ、と佳雨は唇を嚙んだ。面倒をみる立場でいながら、希里の事情など何も考えてやらなかった。もちろん、知ったところでどうにもしてやれないし、同情なんかする気もなかったが、知らずにいるのとは天地ほども違う。

「佳雨、おまえは優しいな」

唇の端についた溶けた飴《あめ》を、そっと親指の腹で久弥が拭ってくれた。そのまま自分の口に含み、彼は「甘い」と苦笑する。

「『蜻蛉』の奉公人が神隠しにあったことを、希里はもう知っていたよ。出入りする客の噂話でも、小耳に挟んだんだろう。本当か、と訊かれて、俺は……嘘はつけなかった」

「…………」

「そこへもってきて、今度は希里が行方知れずだ。ただ、やはりあの子一人の才覚で大門から外へ出られたとは思えない。誰か、手助けをした人間がいるはずだ。あるいは、味方の振りをして、幼馴染みを案じる気持ちにつけ込んだ可能性もある」

「なんのために……」

「さぁ、そいつは俺にもわからない。第一、希里が神隠しに関係があるかどうかも、まだ憶測の域を出ないしな。だが、まったくの偶然だとは思えないだろう？」

「当たり前です」

即答する佳雨に、久弥はもう一度溜め息をついた。躊躇した、と言いながらも話してくれたのは、神隠しと希里の失踪が繋がっている可能性があるからだ。行方を案じる佳雨に、知らん顔はできなかったのに違いない。

「佳雨、約束だぞ」

改まった声音で、久弥が念を押してきた。

「おかしな事件に首は突っ込まない。あの言葉を、ちゃんと守ってくれ」

「でも……」

「希里のことも文箱のことも、俺が引き続き調査する。何かわかれば、必ずおまえに教えるから。いいね、くれぐれも探偵の真似事なんかするなよ？」

「……わかりました」

あまりに真剣な様子で詰め寄られ、佳雨は渋々と承知する。

満開の桜が、頭上で大きく揺れた気がした。


神社の鳥居に、雀《すずめ》が仲良く並んでとまっている。狭い境内《けいだい》の寂れた長椅子《ながいす》に腰を下ろし、人を待っていた久弥《ひさや》は、退屈しのぎに心の中で何羽いるのか数えることにした。

（一羽、二羽、三羽……それにしても、本当に希里《きさと》はどこへ行ったんだ。俺と話した時は、とても足抜けをしそうな様子には見えなかった。だが、もし幼馴染《おさなな じ》みの行方《ゆくえ》を探そうとでも考えたなら……）

それで無茶をしたのだとすれば、責任を感じずにはいられない。いっそ、訊《き》かれた時に知らない振りを通せばよかったのだろうが、何故《なぜ》だか希里に嘘《うそ》はつけなかった。一度でも彼を騙《だま》したら、たとえそれが好意からでも、二度とこちらを信用しないと思ったからだ。

（四羽、五羽、六羽……だが、佳雨《かう》にも話したように、子ども一人で大門《おおもん》を抜けるのは不可能だ。それなら、一体どうやって……？）

誰かに攫《さら》われたのなら、小さな身体《からだ》を何かに押し込めて、出入りの商人を気取って堂々と出ることができたかもしれない。しかし、なんの目的でそんな真似《まね》をしたのだろう。希里を攫って、なんの得があるというのか。

（あれ、雀の奴《やつ》、さっきより増えてないか？　ええと……）

あれこれ思考が散らかってしまい、雀すら満足に数えられない。まいったな、と溜《た》め息《いき》をついていたら、不意に頭上から影が差した。

「『百目鬼堂《どうめきどう》』の若旦那が、ずいぶん不景気な溜め息だな」

「九条《くじょう》……」

「悪い、遅くなった。まぁ、これでも食って機嫌直せよ」

右手に抱えた紙袋から、焼きたてのたい焼きを「ほら」と差し出してくる。顔を近づけるとまだ湯気が出ており、久弥は知らず頬《ほお》を緩めてしまった。

九条信行《のぶゆき》とは、帝大に通っている頃からの親友だ。

良家の子息にも拘《かかわ》らず、三男坊という気楽な立場を逆手《さかて》にとって、卒業後は両親の期待を裏切り、まんまと警視庁へ就職してしまった。おまけに育ちの良さからくる正義感が嫌みなく作用した好例で、警部補の肩書きの現在も張り切って現場へ乗り込んでいる。周囲は苦労知らずの坊ちゃんが、と皮肉な目で見ているようだが、本人は「なに、結果さえ出せば誰もそんなことは言わなくなるよ」と、さほど気にしてはいないようだ。そんな大らかな面も、久弥は好ましく思っている。

「どうだい、捜査の進展は？」

隣に腰を下ろし、早速たい焼きに齧《かじ》りつく友人へ、久弥は気易《きやす》く声をかけた。普通なら、内情など一般人には教えてもらえないところだが、今回の神隠しは九条が単独で空《あ》き時間に調査をしているため、文箱《ふばこ》が関連している久弥も特別に嚙《か》ませてもらっている。

「どうもこうも、目立った発見はなしだな」

九条は渋い顔をして、ごくりとたい焼きを飲み込んだ。

「うちの上層部は、神隠しだなんて馬鹿馬鹿《ばかばか》しい、と相手にもしてくれない。いなくなった男女三名も家族から捜索願いが出ているんでおざなりに捜査はしているが、なにしろ家出人は星の数ほどいるだろう？　はっきり事件に巻き込まれた証拠でもないと、なかなか……」

「例の、店を畳んだ盗品屋の方は？」

「そっちは、ほとんど手付かずだなぁ。借金踏み倒したわけじゃなし、盗品絡みで仲間割れでもして、足がつかないよう逃げ出したってところじゃないか？」

「でも、『蜻蛉《とんぼ》』の奉公人が消えたのは、盗品屋の周囲をうろうろしていた直後だろ？」

「だからって、奴らが絡んでいるとは限らないさ」

近寄ってきた鳩《はと》たちに、九条はたい焼きの尻尾《しっぽ》部分を細かく千切《ちぎ》って放《ほう》り投げる。鳥居の上からは雀の群れが、それを羨《うらや》ましそうに見下ろしていた。

日の暮れ始めた境内は人影もなく、御神木《ごしんぼく》の桜の大樹がもの淋《さみ》しげに花弁を降らせるばかりだ。昨夜、佳雨と色街で眺めた夜桜を思い出し、久弥はどちらが夢なのか、と微《かす》かな苦笑いを浮かべた。愛する相手と四六時中一緒にいられないせいか、逢瀬《おうせ》の時間はまるで綿菓子のようだ。ふわふわと甘い後味は残るが、後には頼りなさばかりが胸に迫る。

（こうなることは、わかっていて踏み出したんだ。俺は、ただ信じるしかない。佳雨と、添い遂げる運命を。何年、何十年かかろうと、死の床《とこ》の傍《かたわ》らに佳雨のいる人生を）

だが、今は感傷に浸っている場合ではなかった。

神隠しの三人、消えた奉公人と希里、そうして盗まれた文箱の行方。これらがまるきり無関係だと言えない以上、どんなに細い糸でも手繰《たぐ》っていかねばならない。

「美味《うま》いな」

小豆餡《あずきあん》のたっぷり詰まったたい焼きに舌鼓《したつづみ》を打ち、久弥は再び九条へ話しかけた。

「なぁ、九条。神隠しの三人、本当に家出の可能性はないのか？」

「ゼロとは言えないな」

「…………」

「だが、偶然にしては共通点が多すぎる。おまえには話したが、三人とも骨董《こっとう》収集の趣味があったこと、盗品屋と以前から交流があったこと、おまえが探している文箱について値段の交渉をしていたこと。付け加えるなら、この文箱は今もって行方がわからない。三人のうち、誰かが買い取ったのはほぼ確実だと思うんだが……。家人も、それぞれ文箱の話は本人から聞いているものの、実物を見た者はいないんだそうだ」

「それなら」

残りの尻尾まで口へ放り込み、慎重に言葉を選びながら久弥は言う。

「三人のうち文箱を手に入れた人間が、それごと消えたとも考えられるな？」

「それは、俺も考えた。問題は、消えた理由だ。文箱が目当てなら、買った本人だけを攫えばいい。交渉した全員を攫うなんて、無駄もいいとこだ」

「犯人も、文箱を買った人間を特定できなかった、としたら？」

「…………」

「それなら、辻褄《つじつま》が合うだろう？　九条、おまえにはわからないだろうが、あの文箱に魅入《みい》られた者なら、それくらい乱暴な真似はするんだ。だからこそ、俺はあれを回収しなくちゃならない。文箱だけじゃない、残りの鏡と茶碗も同様だ」

いつの間にか、群がっていた鳩たちが姿を消していた。九条はごくり、と唾《つば》を飲み込み、重苦しい空気に抵抗しようと口を開きかける。だが、久弥の真剣な表情に気圧《けお》され、結局は何も言葉を紡《つむ》ぐことはできなかった。

「九条、消えた三人は、鮨屋《すしや》の女将《おかみ》、和菓子屋の主人、あと一人が銀行員だったな？　骨董以外に繋《つな》がりがないなら、接点はそこに絞って考えるべきだ。そして、実はもう一人、引っかかっている人物がいる」

「それは誰だ？」

すかさず、九条が身を乗り出してくる。彼も、薄々は次に出てくる名前を予測はしているようだ。しかし、久弥は首を振ると、「確証がないうちは、迂闊《うかつ》に言えないな」と答えた。

「だけど、もし俺の考えが的中しているとなると、初めの奉公人の事件がわからなくなる」

「……ん、まぁ……」

「奉公人は、まだ十四歳の少年だ。文箱に関《かか》わっているはずもないし、盗品屋の周辺をうろついていたのだって、主人の言い付けに従ったに過ぎない」

「百目鬼、おまえ、何が言いたい？」

「何も。ただ、事実を述べているだけだよ。九条、色街で消えた子どもの行方、手掛かりになりそうな物は見つかったか？」

久弥は佳雨に約束した通り、朝一番で九条に電話をかけ、希里の失踪《しっそう》について相談をしている。『翠雨楼《すいうろう》』からも昨日のうちに捜索願いは出ていたようで、大方のあらましはすでに彼も心得ていた。

「残念だが、まだ有力な情報は何もないな。見つかった、という報告も聞いていない」

「そうか……」

心のどこかで、（やっぱり）と思う。希里一人では、警察と見世の若い衆が探しまくっている中を、こうまで完全に逃げおおせるはずなどなかった。

「今朝も話したが、その子と消えた奉公人は田舎が一緒で幼馴染みだ。こちらも、無関係とは思えないな。九条、どう思う？」

「ああ。さっきは気のないことを言ったが、こうなったら逃げた盗品屋の線も追ってみることにしよう。今、残されている手掛かりといえばそれしかない。もし奴らが関与していないとしても、神隠しの三人中、誰に文箱を売ったのかは聞き出せる。そこから、また新たな手掛かりが出てくるかもしれない」

「だが、急いでくれ。あまり時間がかかると、希里が危ういかもしれない。何しろ、まだ体力のない子どもだ。どこかに監禁されているとしても、大人より衰弱は早い」

「わかっている。初めの三人だって、消えて一ヶ月近くになるんだ。ボヤボヤしていたら、そっちだって危ないさ」

二人は、あえて奉公人については触れなかった。彼が消えたのは二ヶ月も前のことで、その後の神隠しまでだいぶ間が空いている。その間に、情報が何一つ出てこない事実から考えても、最悪の事態が予想できたからだ。

(希里が、二の舞にならなければいいが……)

文箱ももちろん気がかりだが、やはり希里の行方は心配だった。僅《わず》かな会話しか交わしていないが、あの気丈な目つきと激しい気性は忘れ難《がた》い印象を残している。それより何より、彼にもしものことがあれば、佳雨がどれだけ悲しむだろう。

(ひとまず、九条に任せてみるか)

鳩たちが食い残した尻尾の欠片《かけら》を、雀たちが夢中で啄《ついば》んでいる。

その光景を眺めながら、久弥はもう一度溜め息をついた。

「佳雨、おめぇの気持ちはよぅくわかった。何があっても、身請《みう》けは断るってんだな」

煙管《キセル》から吸い込んだ煙を、ふぅ……と嘉一郎《かいちろう》は一息に吐く。

座り机を挟んで正座する佳雨を、細めた目でしばらくねめつけた後、彼は弱り果てたとばかりに嘆息した。

「俺の返事は、この前と同じです。俺みたいな人間を囲ってたら、三代目は世間のいい笑いもんですよ。お父さんだって、常々言ってるじゃないですか。〝男花魁は、色街で咲くからいいんだ〟って。同感だね。大門を一歩出たら、俺は単なる見世物だ。そうでしょう？」

「ん……む……」

「豊蔵《とよぞう》様は、いいお馴染みです。優しいし、金払いはいいし、何より俺をとても可愛《かわい》がってくださっている。俺も、お相手する時は真心尽くしてもてなしています。それで、いいじゃありませんか。これからも、どうぞ御贔屓《ごひいき》にってお伝えくださいな」

取り付く島もなく言いたいことを言うと、後は澄まして黙り込む。こうなると、佳雨の気持ちがテコでも動かないのは嘉一郎も先《せん》から承知だった。それまで男花魁《おいらん》など置いたためしのなかった『翠雨楼』で、俺を花魁にしてくださいと食い下がった時と、まったく同じだ。

「まぁ、俺も三代目は血迷ったと思ってる」

仕方なさそうに、嘉一郎が折れてきた。

「あのお方は面倒も起こさないし、無理難題も押し付けない。こちらとしちゃ、有り難い上客だ。末永く通っていただいて、たんまりおぜぜを落としてもらいてぇんだよ」

「じゃあ、上手《うま》く取りなしてください。俺も、これまで以上に愛想を振り撒《ま》きますから」

「おめぇ…『百目鬼堂』の若旦那に、操立《みさおだ》てでもしているんじゃあるめぇな？」

「え……？」

「しらばっくれるな。若旦那がおまえの間夫《まぶ》だってこたぁ、とっくに知ってるんだ。『蜻蛉』

の三代目が急な身請け話を持ち出したのも、その話を小耳に挟んだせいかもしれねぇ」

「…………」

とうとうきた、と佳雨は心の中で呟《つぶや》く。同時に、全身が緊張で強張《こわば》った。今まで見て見ぬ振りを続けてきた嘉一郎が正面から切り込んできたのは、佳雨の今後を危ぶんでいるからに違いない。義重《よししげ》のように面白がってくれる客ばかりならいいが、廓《くるわ》には性欲処理だけでなく、疑似恋愛を楽しみにくる者もいる。そういう馴染み連中が、間夫のいる佳雨から足が遠のくのを恐《おそ》れているのだ。無論、そうなれば借金を返すどころではない。

「おめぇが座敷で手を抜いちゃいないのは、ちゃんと俺にもわかってる。色に浮かれてくだらねぇ夢を見ることもなく、馴染みの旦那衆をきっちり悦《よろこ》ばせているのもな」

「…………」

「だが、おめぇが勤めを果たせば果たすほど、執着する客だって出てくるもんだ。まさか、若旦那と将来どうにかなろう、なんて考えてるんじゃねぇよな？」

「そんなこと、あるわけないだろ」

佳雨は、急いで笑い飛ばした。嘉一郎の締め付けが厳しくなれば、久弥との逢瀬に支障が出る。それだけは、どんなことをしても避けたかった。

「お父さん、俺を誰だと思ってるんだよ。廓の水で育った俺が、そんな甘いことを考えるはずないじゃないか。三代目の身請けと若旦那は、まったく関係ないよ」

「俺の目を見て、そう言えるか？」

「言えるさ」

きつく瞳《ひとみ》を据えて、真正面から挑むように見つめる。

瞬《まばた》きもせず、表情一つ変えずに佳雨は言い切った。

「若旦那は、上等なお馴染みだ。逃がしたくないいんだよ。男花魁の命は短い。稼げるうちに稼いでおかなきゃ、末は乞食《こじき》か野垂れ死にだ。恋人の真似事くらい、いくらでもするさ」

「…………」

「所詮《しょせん》は、ごっこ遊び。そのうち、若旦那の方で飽きるよ。なんといっても、あの方はまだお若いからね。本物の女の方がいいに決まってる。そうだろう、お父さん？」

一度でも躓《つまず》けば、もう唇が動かなくなる。それがわかっていたから、佳雨はいっきに早口でまくしたてた。海千山千で数多《あまた》の遊女の悲喜劇を見てきた嘉一郎を騙すのは、恐らく無理な話だろう。それでも、佳雨は嘘を貫き通す覚悟だった。

「……そうかい」

やがて、嘉一郎はボソリとそれだけ呟いた。煙管を再び口へ持っていき、どこを見ているのかわからない瞳で不味《まず》そうに吸う。佳雨は緊張を解かず、身じろぎもしないでその様子を見つめていたが、ひとまず危機は脱したことを肌で感じ取った。

（しばらくは、様子見ってところか……）

嘉一郎の後ろから、写真に飾られた花魁装束の雪紅《せっこう》がこちらを見下ろしている。

姉は、呉服屋の旦那に請け出されるまで惚《ほ》れた男は一人もいなかったのだろうか。今まで考えもしなかったことがふと頭に浮かんで、佳雨は知らず写真を凝視してしまった。

「……佳雨」

視線に気づいた嘉一郎が、妙にしんみりとした口調で話し出す。

「おめぇは、本当に雪紅似だ。姿形はもとより気の強さ、頑固さもな。いや、おかしな話だが、男に生まれついた分、おめぇの方がまだ穏やかだ。廓の女は競って競って蹴落《けお》として、いつだって爪《つめ》を研いでなきゃ生き残れねぇ」

「それも、おかしな話だね。世間じゃ、男の方が強いってことになってんのに」

「雪紅にひと睨《にら》みされてみろ。そりゃあ、いろんな意味で震えがきたもんだ」

自慢の娼妓《しょうぎ》がいかに特別な存在だったか、嘉一郎の語り口でよくわかった。還暦を過ぎた女衒《ぜげん》上がりの男が、まるで少年のように潑剌《はつらつ》とするのだ。

(姉さんが勝ち気だってのは、俺も身に覚えがあるからよく知ってる。何しろ、遊郭に残って男花魁になるって話した途端、簪《かんざし》で刺されそうになったくらいだしな)

幸い一時頭に血が上っただけのようだったが、姉のあまりの激昂《げっこう》ぶりに佳雨は激しく狼狽《ろうばい》した。雪紅花魁といえば、謎《なぞ》めいた微笑と冷たい美貌《びぼう》が売りだったからだ。

「時に佳雨、おめぇ希里の足抜けについちゃ、本当に何も知らないか？」

機嫌が直ったのか、嘉一郎は不意に話題を変えてきた。

希里がいなくなって、今日で三日目になる。年端《としは》もゆかぬ禿《かむろ》が足抜けに成功したと、色街ではもっぱらの噂《うわさ》になっていた。

「番頭の多喜二《たきじ》やトキさんにも再三尋ねられたけど、あの子は自分のことをほとんど話さなかった。だから、俺には皆目見当がつかないね。一緒にいたのだって、一週間もなかったくらいなんだよ？」

「そうかい。そんならいいんだ」

「お父さんは、希里が本当に足抜けしたと思ってるのかい？」

思い切って尋ねてみると、嘉一郎は「さてね」と答えて煙管を吹かす。その態度から、彼も半信半疑でいることが窺《うかが》い知れた。それほど、足抜けは難儀なのだ。成功した者はほとんどおらず、見つかって連れ戻されれば三日三晩の地獄の責め苦が待っている。かつては、折檻《せっかん》のしすぎで死ぬ遊女だっていたほどだ。

「もし、希里が見つかったら」

そうと意識する前に、声が出ていた。

「折檻は仕方がない。だけど、残るような傷はつけないでやってください。あの子は、きっと将来売れっ妓《こ》になる。お父さんだって、それはわかっているだろう？」

「おめぇが、そんな心配をする必要はねぇ。あれは、俺が金で買ってきたガキだ」

「お父さん……」

「ま、十中八九、無駄な気遣いだろうよ。こんだけ探しても見つからないんじゃ、まず帰ってくる見込みはねぇしな。どこぞへトンズラしたか、死体になって転がってるか……」

「………」

嘉一郎の怒りはもっともだが、縁起でもない、と佳雨は眉《まゆ》をひそめる。久弥に頼んで行方を探してもらっていることは、もちろん廓の人間には内緒だった。仮に希里が見つかったとしても、死ぬほどの折檻が待っているとわかっていて連れ戻すのは気が進まない。

(だからって、今更どこへも行き場なんかないだろうけれど……)

だが、何よりも怖れているのは『神隠し』の方だった。

久弥が推測したように、なんらかの事情で希里が巻き込まれているとしたら、足抜けより遥《はる》かに事態は深刻だ。九条がなんとか手掛かりを摑《つか》んでくれればいいが、と佳雨は祈るような思いでいた。


(疲れた……)

嘉一郎の部屋を後にするなり、気が緩んでずしりと身体が重くなる。

とりあえず、今日のところは凌《しの》いでみせた。明日のことは、また明日考えればいい。今夜も馴染み客が来る予定だし、疲れた顔など決して見せられない。

（希里、無事でいておくれよ）

座敷へ戻った佳雨は、植え替えた福寿草の鉢を眺めて胸の中で呟く。

売れっ妓になって部屋を貰《もら》う、と言い返してきた、生意気な顔がもう一度見たかった。


妓楼《ぎろう》の夜は、午前二時を回ったところで緩やかに閉じる。泊まりの客以外はこの時間までに家へ帰り、遊女もようやく就寝が許されるのだ。静まり返った廓内を二階番が見回り、明け方まで戸締りや火の元、遊女の逃亡などを見張っている。電気が通る以前は各座敷に油の補充をして歩いたので、お楽しみの最中の客に煙たがられたりもした。

「花魁、もうお休みですか」

夜見世《よみせ》の客が早めに帰ったので、今夜の梓《あずさ》はもう寝る支度にかかっていた。そこへ、廊下から障子越しに二階番の声がかけられる。まだ「花魁」と呼ばれることに不慣れな梓は、一瞬自分だとは思わずに返事が遅れた。

「……花魁」

「あ、は…はい。起きてます」

慌てて答えると、どうしたわけか今度は向こうが何も言ってこない。代わりに薄暗がりに浮かんだ影が忙《せわ》しなく動き、なんだろうと訝《いぶか》しんでいるうちにサッと消えてしまった。

「あの……？」

「向こうを向いて」

「え？」

「こっちを見ないでくれ。……お願いだから」

入れ替わりに聞こえてきた声に、梓の心臓が大きく音をたてる。まさか、とすぐに打ち消してみたものの、鼓動は収まるどころかどんどん速くなっていった。再び障子に影が映り、それが先ほどの二階番とは別人だと悟った瞬間、梓は思わず名前を口にしていた。

「蒼悟《そうご》さん……？」

「しっ。いいから、言った通りに向こうを向いて」

「…………」

「──早く」

切羽詰まった様子で急《せ》かされて、仕方なく声に背を向ける。気配で察したのか、すかさず背後で障子の開く音がした。一体どういうつもりかと、再会の喜びより驚きと文句の方が先に湧《わ》き起こる。だが、怒った梓が口を開きかけた時、まるで気勢を殺《そ》ぐようにふわりと背中から温かな両腕が回された。

「蒼悟さ……っ」

「二階番に金を渡して、中へ手引きしてもらったんだ。だから、あまり時間がない」

「こ、こんな真似するなんて、僕、意味がわかりません。病気は、もう大丈夫なんですか？」

「ああ。すまない、心配をかけてしまって」

耳元で囁《ささや》く声音《こわね》は、間違いなく蒼悟のものだ。柔らかな雰囲気と穏やかな温《ぬく》もりが、梓に林檎《りんご》味の金平糖《こんぺいとう》を思い起こさせる。初めて他人へ身体を開いた夜、蒼悟は少しでも気が紛れるようにと梓に含ませてくれたのだ。

「……信じられない。どうして、こんなことするんです。僕に会いたければ、正々堂々とお金を払っていつでも会いに来られるじゃないですか。そりゃあ、蒼悟さんは佳雨さんの馴染みになっているから、そう簡単じゃないことはわかりますけど……」

腕の中で身じろぎもせず、けれど口だけは達者に梓は言った。

「第一、もうここへは出入りしない。そう仰《おっしゃ》ったでしょう。それで僕は……」

「わかっている。だから、せめてもの自分への戒《いまし》めに背中を向けていてくれと言ったんだ」

「無茶苦茶な理屈だ。それじゃ、僕の気持ちはどうなるんです」

腹を立てて言い返すと、本気でわからないのか蒼悟は「え？」と戸惑った声を出す。朴念《ぼくねん》仁《じん》で生真面目《きまじめ》で、馬鹿がつくほど真っ直《まっす》ぐな気性は相変わらずのようだった。

「蒼悟さんが振り向くな、と言うなら振り向きません。そうやって、いつも自分勝手に結論を出して、一人で盛り上がっていればいいんだ。その代わり、僕だって勝手にやらせてもらいます。もう、手紙が来ないからって心配なんかしませんから」

「梓……」

「さ、誰かに見られると面倒です。さっさと帰ってください」

つれない態度で腕を振り解《ほど》こうとしたら、一層強く抱き締められた。梓はますます怒りが募《つの》り、うっかり声を荒げそうになる。かろうじて文句は飲み込んだものの、蒼悟への気持ちは頑《かたく》なになるばかりだった。

「梓、そんなに怒らないでくれ」

弱り果て、蒼悟は溜め息混じりに話しかけてくる。

「君が言う通り、僕はとても身勝手だった。もう来ないと言いながら、こうして無茶を承知で非常識な行為に及んで。だけど、僕の手紙がこないことを君が心配していると聞いたら、どうにも堪《こら》え切れなかったんだ。手紙を書くのももどかしくて、床を離れられるようになったらすぐにここへ向かっていた」

「…………」

「君に会って、今どうこうしようとは思わない。そこまで、自分の誓いを違《たが》えたくはない。けれど、せめて僕が元気になったこと、変わらず君を想《おも》っていることを直接伝えたかった。それだけで、決して他意はなかったんだ」

懸命に訴える一方で、腕の力は徐々に弱くなっていった。梓が嫌がっていると、本気で信じているのかもしれない。蒼悟は梓を好きだと明言しているが、特に返事は求めてこなかったので、二人は身体こそ繋いだがまだ恋人同士というわけではなかった。

「ごめん……やっぱり、無謀な行為だったね」

黙り込んだ梓が一言も話さなくなったので、さすがに蒼悟も気落ちしたらしい。同時に、己《おのれ》の無茶な振る舞いが急に恥ずかしくなったのか、気まずそうに腕を離した。

「帰るよ」

「え？」

「どちらにせよ、もう時間切れだ。二階番が戻ってくる」

「…………」

「驚かせて、本当に悪かった。それに……君の気持ちも考えずに触れてしまって、申し訳ないことをしたと思っている。僕も無我夢中でここまで来たので、少しも君の状況を思いやる余裕がなくて。だけど、二度とこんなことはしないよ。約束する」

ゆっくりと立ち上がる気配がしたが、梓は背中を向けたままでいた。振り向いて、優しい言葉を返したところで何になるんだ、という声がする。蒼悟の無神経さにも腹がたつし、素直になれない自分にも歯がゆさを覚えていた。

「じゃあ、お休み」

愛《いと》おしげに蒼悟は呟き、ためらいがちに言葉を重ねる。

「君が心配してくれたと知った時、僕はとても嬉《うれ》しかった。……ありがとう」

「…………」

「また手紙を書くよ。元気で——梓」

再び障子を開く音がして、密《ひそ》やかに閉じられた。

最後まで一度も顔を見ることなく、蒼悟は立ち去りつつある。押し殺した床の軋《きし》みが次第に遠くなり、梓はようやく後ろを振り返った。

「蒼悟さん……」

零《こぼ》れ落ちた声が、懐かしい体温を呼び覚ます。ふと目線を落とすと、畳の上に小さな和紙の袋が置かれていた。それを見た瞬間、あっと梓は唇を震わせる。同じ模様の袋を、自分も引き出しに大事にしまってあるからだ。

「金平糖……」

そう口にした刹那《せつな》、梓は弾《はじ》かれたように座敷を飛び出した。

「蒼悟さん！」

誰かに見咎《みとが》められたら、大変なことになる。そう理性ではわかっていても、追いかけずにはいられなかった。この機を逃したら、もう二度と彼には会えないかもしれないのだ。

「蒼悟さん……」

寝間着代わりの浴衣《ゆかた》で廊下を走り、夢中で階段を駆け下りる。照明を落とした玄関広間から裏口に続く通路へ入ると、ちょうど扉を開けて出て行こうとする人影が目に飛び込んだ。

「待って！　待ってください！」

「梓……？」

驚いてこちらを向く蒼悟の胸へ、そのまま思い切りしがみつく。勢いが余って僅かに彼はよろめいたが、すぐに体勢を立て直すとしっかりと抱き締め返してきた。

「梓、どうしたんだ？」

「ごめんなさい。蒼悟さん、僕……ごめんなさい……」

「…………」

ごめんなさい、とくり返す梓に、蒼悟は何も訊かずに優しく微笑《ほほえ》みかける。憂いを含んだ眼鏡《めがね》越しの眼差《まなざ》しは、ただ梓への真摯《しんし》な想いだけを浮かべていた。

しばし二人は言葉もなく、互いの温もりに包まれる。

梓は目を閉じて溜め息をつき、忘れないようにしよう、と胸で呟いた。

いつか、蒼悟が自分を請け出しに来る日まで。どれだけの他人が肌に熱を重ねても、記憶に刻むのはこの体温だけでいい。

「梓……」

祈るような声音で、蒼悟が名前を呼んだ。

梓は小さく「はい」と答え、甘えるように身体を擦《こす》りつける。

幸せだ、と廓に来て、初めてはっきりと思った。たとえ借金で縛られて、数限りない男たちの慰み者にされようと、色街に来なければ蒼悟には出会えなかったからだ。

今、この瞬間、梓はこの上なく幸福だった。

梓と蒼悟が、束《つか》の間の逢瀬に浸った翌日。

まだ宵の口だというのに、今度は別棟《べつむね》で新たな騒ぎが持ち上がっていた。

「どういうことなんだね、佳雨。一体、私のどこが気に入らない？」

見世の若い衆たちの制止も聞かず、豊蔵がいきなり座敷へ踏み込んでくる。今まさに客と床入りをする寸前だった佳雨は驚いて身を起こすと、素早く着物の乱れを整えた。

昨夜話した通り、嘉一郎から改めて請け出しの断りを伝えてもらい、それでこの件は片付いたはずだった。ところが豊蔵は納得せず、その足で二階へ上がってきたものらしい。

「花魁、あいすみません。お止めしたんですが」

「さぁさ、三代目。あちらに膳《ぜん》を御用意しますんで、まずは一献《いっこん》……」

「うるさいね、おまえたち。私は佳雨に話があるんだよ」

「——三代目」

揉《も》み合う男たちを冷ややかに一瞥《いちべつ》し、佳雨はすっくりと立ち上がる。しどけなく匂《にお》やかな美貌に気圧され、彼らは一様にその動きを止めた。

「しっかりなさってくださいな。趣味人として名の通る『蜻蛉』の三代目が、なんてザマですか。お話がおありなら、きちんと手順を踏んでもらいましょう。どなたであろうと、廓の仕来たりを無視することは許されませんよ」

「な……っ」

普段は低く見せているが、実際の佳雨は豊蔵より上背《うわぜい》がある。冷たく見下ろされて怒りに火がついたのか、みるみるうちに顔が真っ赤になった。

「なんて生意気な奴だっ。おまえ、誰に向かって物を言っている！」

「勘違いなさっちゃ困りますね」

より一層冷ややかに、声音は氷柱《つらら》の如《ごと》く突き刺さる。

「俺は娼妓だが、奴隷《どれい》じゃないんだ。旦那方が金で買えるのは身体だけ、そうと割り切れない方は色街で遊ぶ資格なんざありません」

「い、色物の男花魁風情が、何を偉そうに……っ」

「その色物を愛《め》でてくださったのは、三代目じゃありませんか」

「そうかい。そうだったな。だが」

「…………」

「『百目鬼堂』の若造にも、今と同じことが言えるのか?」

嫉妬《しっと》に任せて投げつけられた言葉に、ぴくりと形のよい眉が片方上がった。

「ええ、どうなんだ! 私ゃ知っているんだぞ! あの気障《きざ》な英国帰りの優男《やさおとこ》が、おまえの間夫だってことは!」

「三代目! 三代目、どうか気をお鎮めになって!」

血相を変えて摑みかかろうとする豊蔵を、慌てて若い衆が抑え込んだ。些《いささ》かも怯《ひる》まず、むしろ堂々と胸を張り、佳雨は満開の桜の如く笑んでみせる。

「同じこと? 当たり前じゃないですか」

「な…んだと……」

「俺は巷《ちまた》の遊女のように、間夫だからって金を貢《みつ》ぐような馬鹿な真似なぞしやしません。いや、むしろその逆だ。金を落としてくれるのが、俺にとっては愛しいお方だ。その辺りは、きちんと若旦那にもわかっていただいています。あの方は割り切った性格なんで、金の切れ目がなんとやら……って理屈も承知なさってますからね」

半分は、嘘ではなかった。久弥と自分の間には、世間の間夫と遊女には通じない約束事がある。だが、顔には出さずとも「金が大事」と言い切るのは、昨日の嘉一郎の時と同様に胸がしくりと痛む方便だった。

「身請けの話は有り難いですが、三代目は大きな誤解をなさっている。俺が欲しいのは、自由なんかじゃないんです。まして、愛人の座なんかでもない。でも、お優しい三代目に〝金だ金だ〟とは、さすがの俺も言いたくはないんですよ。そこだけは、百目鬼の若旦那と三代目の違うところと思っています。どうぞ、わかってください」

「佳雨……」

「そうそう。間夫と呼ばれたからって、実情は情けないもんだ」

不意に、場違いなほど涼やかな声音が割って入った。一同はハッと緊張し、廊下の奥からゆっくりと姿を現した人物へ視線を送る。

日本人離れした長身と、端整で理知的な面差《おもざ》し。上等な仕立ての三《み》つ揃《ぞろ》いを優美に着こなし、男は悪びれた様子もなく皆を興味深げに見回した。その、春の宵の艶《なま》めかしさを滲《にじ》ませた佇《たたず》まいに、彼が色街きっての遊び上手と評判だったことを誰もが思い出す。

「若旦那……」

呆然《ぼうぜん》と呟いた後、佳雨の全身から力が抜けそうになった。なんとか気丈に持ち堪《こた》えたが、今の話を聞かれていたのではと、顔から火の出る思いがする。だが、久弥はいっかな気にした風もなく、「何をしに来た」と言わんばかりの豊蔵へにっこりと笑いかけた。

「おや、三代目。ちょうどいいところで、お会いしました。お互い佳雨へ惚れた者同士、よろしければ酒など御一緒にいかがです。どのみち、今夜の花魁は忙しそうだ。俺たちの番が来るのは、だいぶん遅くになりそうですよ？」

「貴《き》……様《さま》……何を……」

「実は、先ほど『蜻蛉』から膳を取り寄せたんです。三代目のお話など伺いながら食えば、料理の味わいも増すってもんですよ。さぁさぁ」

「うちから膳を？」

その言葉には、豊蔵も少し心を動かされたようだ。佳雨の「お優しい三代目」という文句にほだされかかっていたこともあり、むぐむぐと口の中で何やら呟いている。実は『蜻蛉』は仕出しを受け付けてはおらず、その我儘《わがまま》が通るのは一部の上得意に限られていた。

「ええ、『蜻蛉』は父が生前ずいぶん通っていましてね。大女将は今でも俺を〝久ちゃん〟と呼んで可愛がってくださってます」

「義母が……」

三代目とはいえ入り婿の豊蔵は、まだ店の全権を任せてもらっていない。表立って派手に出入りする常連は心得ていても、昔からの贔屓筋は寡婦《かふ》の姑《しゅうとめ》がもてなしを仕切っており、その詳細は娘である妻へ受け継がれることになっていた。

「そういや、ちらりと聞いてはいたが……うちの器は『百目鬼堂』の口利きで、京都の窯《かま》から取り寄せていると。だが、単に商売上の付き合いかと……」

「食道楽の父に比べれば、俺は家で茶漬けが一番の人間ですからね」

「………」

背後に誰より弱い姑の存在を匂わされ、豊蔵の顔からたちまち強気が失《う》せた。久弥は好機とばかりに若い衆へ合図を送り、言葉巧みに別の座敷へと案内させる。毒気を抜かれた豊蔵は数歩歩きかけた矢先でハッと我に返り、呆気《あっけ》に取られている佳雨の手へ札入《さつい》れから取り出した紙幣を強引に数枚握らせた。

「三代目、これは……？」

「うっかり頭に血が上って、先客の旦那には申し訳ないことをした。ささ、これで酒でも追加して、御機嫌を直していただいておくれ」

「でも……」

戸惑う佳雨へ、豊蔵は声を低めて意地悪く笑う。

「この際、おまえの金づると飲むのも一興だ。だが、代わりに朝まで私がおまえを買い占めた。若造には悪いが、飲み食いしたら帰ってもらうよ。いいね？」

「……はい……」

「よしよし。まだ話は終わっちゃいない。後で、またゆっくりとな」

ついでとばかりにぎゅっと手を握り、ようやく踵《きびす》を返した背中を見送って、佳雨はホッと胸を撫《な》で下ろす。そのままふと目線を上げると、こちらを見ている久弥と目が合った。彼は惚れ惚れするような顔で微笑み、軽く会釈をして立ち去っていく。追いかけたい衝動を懸命に堪え、佳雨は引き止めてしまわないようきつく唇を噛んだ。

（若旦那……）

窮地を鮮やかに救ってもらい、礼の一つも口に出したいところだ。けれど、ここで言葉を交わせば豊蔵の機嫌をまた損ねてしまう。第一、床を敷いた座敷では、先刻からすっかり存在を無視されている気の毒な先客が待っていた。

（ああ、なんてことだろう。三代目に偉そうな講釈を垂れておきながら！）

いけない、と現実へ立ち返り、そそくさと客の元へ戻る。乱れた布団が妙に白々《しらじら》しく、佳雨の胸は申し訳なさで一杯になった。

「旦那様、本当に申し訳ありませんでした」

「あ、いや……」

「どうも、興《きょう》が殺がれちまいましたね。俺の奢《おご》りで、飲み直しといきましょうか」

深々と頭を下げ、愛想良く詫《わ》びをいれる。幸い気の好《い》い旦那だったので、「おまえも大変だね」と苦笑いで許してくれた。


新たに用意された座敷で、久弥は豊蔵と膳を挟んで向かい合う。若い衆が佳雨が来るまでの繋ぎに、と他の遊女を呼ぼうとしたが、どちらも「その気はないから」と断った。

「ほぅ、本当にうちの料理だ。これは驚いたね」

黒塗りの脚付き膳の上に並んでいるのは、『蜻蛉』が春に得意とする若さぎの昆布巻きと甘鯛《あまだい》の桜蒸しを始め、いずれも自慢の逸品ばかりだ。一つの膳では全《すべ》てをのせきれず、久弥と豊蔵の前に、それぞれ二客ずつ置かれていた。

「私もね、以前に佳雨へうちの料理を食べさせようとしたことがあるんだよ」

「では、日本橋の本店までお連れに？」

「……いや。花魁の連れ出しには、相当な金額がかかるだろう？　日帰りならまだしも、一泊となると背負っている借金と同額の保険金を楼主へ預けにゃならない。それで、諦《あきら》めたんだ。考えてみれば、贔屓の娼妓を姑や妻のいる店へ連れて行ける道理もないし」

「それは、確かにそうですね。まして、佳雨は男だ」

「あんたが、そういう言い方をするとは心外だね」

突き放した久弥の物言いに、少なからず豊蔵は驚いたようだ。だが、それで勝算ありと見込んだのか、まずは酒で唇を湿らせると俄然《がぜん》強気な態度に出てきた。

「単刀直入にお話ししますよ。佳雨を、私へ譲ってもらえないだろうか」

「譲る、と言いますと？」

「文字通りだよ。あの子の間夫は、あんただろう？　口ではさばけたことを言ってたが、あの子は情に厚い優しい子なんだ。きっと、あんたに遠慮してるに違いない。だから、この際あんたから別れを切り出してはくれないかね」

「…………」

「私は、佳雨が可愛いんだ。あの子は、姑や妻の陰で小さくなっていた私を、まるで殿様のように扱ってくれた。下手《へた》な短歌を褒《ほ》めてくれて、私のために三味線や琴を鳴らしてくれたんだよ。私と過ごす穏やかな時間が慰めだ、といつも言ってくれたんだ」

無邪気に語る豊蔵を、久弥は冷めた視線で観察する。本人を前にするのは初めてだが、確かに噂で聞いていた通り、彼の独善的な言動は些か常軌を逸しているように見えた。佳雨への恋慕故とも思えるが、あるいは他に原因があるのかもしれない。いずれにせよ、佳雨が本気で身請けを断っているなどと微塵《みじん》も思っていないのは明らかだった。

「だからね、わかるだろう？　あの子を幸せにしてやるのは、私の務めだ。食事一つ、思うような物を食わせてやれない、そんな情けない思いはもう……」

「あ、この菜の花の小鉢、美味いですね」

「なんだって？」

「こっちの筍《たけのこ》づくしも、なかなかだ。三代目、やはり『蜻蛉』は一味違います」

「あんたねぇ……」

熱心に語っていた豊蔵は、上機嫌で箸《はし》をつけ始めた久弥を胡散《うさん》臭げな目で見返している。

人の話を聞いているのか、と咎める表情は、さっさと決着をつけて、佳雨の元へ帰りたいのが見え見えの様子だった。

だが、そうは問屋が卸さない。久弥の方でも早めにケリをつけるつもりでいたのだが、開口一番に「別れろ」と迫られ、少々腹も立てていた。そこで、のらりくらりと話題を料理へ逸《そ》らし、なかなか本題に戻ろうとはしない。久弥の膳がどんどん空いていくのにつれ、豊蔵は次第に苛立《いらだ》ちを隠さなくなってきた。

「成る程。あんたの魂胆は、ようくわかった」

手酌《てじゃく》で何杯目かの酒をいっきに呷《あお》り、彼は据わった目を久弥へ向ける。

「その容姿じゃ、さぞ色街の女どもは熱を上げたことだろうさ。だが、中身は案外底意地が悪いね。男花魁など物珍しさで手を出したに過ぎないくせに、いざ他人が欲しがると惜しくなる……どうだい、図星だろう？」

「俺を間夫に選んだのは、佳雨自身ですよ」

「ほう？」

「あいつが三代目にお話をした通り、目当ては俺の金かもしれません。御覧の通り、俺は独身の道楽者で、口煩《くちうるさ》い身内もいない気楽な身分です。だが、高嶺《たかね》の花を気取る男花魁を手に入れたとあれば、そうそう簡単には手放せませんね」

皿から皿へと料理を堪能《たんのう》しながら、世間話でもするかのように久弥は言った。豊蔵の笑顔はみるみる強張り、目が忙しなくきょろきょろと動き出す。久弥をなんとか説得しようと、必死に考えを巡らせているのがよくわかった。

「お、こいつは丹波地鶏ですね。しかも、花山椒《はなざんしょう》がまぶしてある。うん、美味い」

そうこうする間に久弥の膳はあらかたが片付いたが、対照的に豊蔵の料理は一口分も減っていない。やれやれ、と溜め息をついた時、豊蔵が「……わかった」と重苦しい声を出した。

「あんたも、『百目鬼堂』の若主人だ。手ぶらじゃ帰れない、とこういうわけだね」

「…………」

「じゃあ、とっておきの品をあんたに渡そう。その代わり、佳雨を私へ譲っておくれ」

「とっておきの品？」

「そうさ。あんただって、聞いたらもう無視はできないよ」

そう言った瞬間、久弥にさんざん調子を崩され、戸惑っていた顔が一変する。豊蔵はくすくすと思わせぶりな笑みを零すと、いくぶん勿体《もったい》つけてから自慢げに口を開いた。

「――漆《うるし》の文箱だ」

「な……っ」

「もちろん、そこら辺に転がってるのとは一味もふた味も違う。若旦那、あんたならこの意味がおわかりだね？　そいつと引き換えに、佳雨とは別れると約束しておくれ」

「三代目……」

勝ち誇った表情は、驚愕《きょうがく》する久弥を見て更に満足を得たようだ。だが、八方手を尽くして探している文箱を、こうもあっさりと「渡す」と言われるとは、さすがに夢にも思っていなかった。しかも、持ち主が豊蔵となると、先日九条と話した推測が全て線で繋がることになる。神隠しの犯人が文箱の行方を追い、そこへ奉公人の少年と希里が巻き込まれた、という仮説が俄然現実味を帯びてくるのだ。

(だが、三代目は本気なのか？　文箱の在《あ》り処《か》を俺へ晒《さら》して、本気で佳雨のために差し出すつもりなのか？　あれだけの人間を巻き添えにしてまで、手に入れた文箱だぞ？)

落ち着け、と心の中で言い聞かせた。ここは、なんとしても豊蔵に主導権を渡してはならない。こういった掘り出し物を巡っての駆け引きこそ、己の真骨頂《しんこっちょう》のはずだ。

足元を見られた方が、負けだ。

久弥は相手にわからぬよう短く深呼吸をし、得意の微笑を唇に刻んだ。

「文箱とは、恐れ入りました。さすがは、骨董の収集で鳴らした三代目だ」

「そうだろう？　あんたが、漆の文箱を血眼《ちまなこ》になって探しているのは知っているよ。さぁ、わかったら佳雨を……」

「そのことですが」

身を乗り出さんばかりの豊蔵へ、毅然《きぜん》として言い放つ。

「実は、私にもそれなりの用意がありましてね——三代目」

「用意……？」

「ええ、そうです。せっかく取り寄せた『蜻蛉』の膳、三代目が少しも手をつけてくださらないんで、出遅れましたが……」

「…………」

　豊蔵には、まだ久弥の言っている意味がよくわからないらしい。それどころか、即座に飛びつくと思っていた文箱という餌《えさ》をかわされて、大いに戸惑っている。久弥はニヤリと不遜《ふそん》に片頬で笑うと、目線をゆっくりと相手の膳へ移した。

「目利きの三代目なら、ちょっと注意されればわかるはず」

「なんだって？」

「……いかがです？」

「いかがと言われても、この料理はうちの……あっ！」

　ようやく、目の前の宝が豊蔵の視界に入ったようだ。瞬時に顔色や目つきが変わり、唇が興奮気味にわなわなと震え出す。

「こ、これは……っ」

「お気づきになられましたか」

　にっこりと愛想よく答え、久弥は素早く居住まいを正した。

「一の膳、向付《むこうづけ》や煮物を盛った器は全て志野焼《しのやき》です。時代はおおよそ十六世紀。然《さ》るお武家様より預かりました逸品で、揃いのどれ一つ、欠けやくすみもございません」

「おお……」

「こちらは、いわゆる鼠志野《ねずしの》。その名の通り鼠《ねずみ》色の独特な色味を持ち、しかも幾何学模様が主流の志野焼において、草花を描《か》いた図柄は大変希少価値の高いものです」

「た……確かに、こんな図柄は見たことがない。しかも、なんと美しい……」

「続けて」

垂涎《すいぜん》の眼差しで呟く豊蔵へ、畳みかけるように久弥は言う。

「二の膳、大皿は蛤《はまぐり》を炊き込んだ味飯と真鯛の焼き物。こちらを盛りましたのは、がらりと趣《おもむき》を変えて伊万里《いまり》の色絵。図柄は花鳥文、柿右衛門《かきえもん》の作にございます」

「柿右衛門！　それは本当かい！」

「『百目鬼堂』の看板にかけて、紛《まが》うかたなき本物です」

「なんと……っ…なんと……」

それきり、しばし豊蔵は絶句した。

瞬きすら惜しむように、ひたすら膳の上の器を凝視する。金を幾ら積んだところで、望み通りの品が手に入らないのが骨董の醍醐味《だいごみ》だが、そういう理屈で言えば、久弥が提示した焼き物たちはそうそう市場へ出回ってこない貴重な品ばかりだった。久弥自身、その美しさに惚れ込んで大事にしまいこんでいたほどだ。

「先ほどのお言葉、そっくりそのままお返しします」

「え……？」

すでに、豊蔵の表情は羨望《せんぼう》のあまり虚《うつ》ろになっている。

久弥は優雅に一呼吸おくと、静かに唇を動かした。

「こいつと引き換えに、佳雨の身請けを諦めていただきたい」


今夜は貸し切る、と言った豊蔵が早々に帰ったと見世の者に言われ、佳雨は狐《きつね》につままれたような気分になった。

お陰で空いた身体は丸ごと久弥のものでいられたが、あれだけの騒動を起こしたのに、と思うとすんなり納得はいかない。勢い、座敷へ入るなり久弥を問い詰める格好となってしまった。

「若旦那、一体どういう策を弄《ろう》されたんです？」

「そんな怖い顔をして立っていないで、まぁお座り。そうだ、腹は空《す》いてないか？　おまえの分は重箱に詰めてもらってある。さすがは天下の高級料亭、実に美味い懐石だった」

「俺なら、茶漬けで充分です」

さっきの久弥を皮肉って、仏頂面《ぶっちょうづら》で隣へ腰を下ろす。その眼前に、スイと酒を満たしたお猪口《ちょこ》を差し出され、仕方がないので渋々と両手で受け取った。

「……頂戴《ちょうだい》します」

「うん」

頭を下げる佳雨に子どものように答え、そのくせ自分の盃《さかずき》は膳の上に伏せてしまう。見ればどの器も料理はあらかた食べ尽くされており、小食な久弥にしては珍しいな、と思った。

「若旦那は、お飲みにならないんですか」

「腹が一杯になったら、酒が不味くなった。普段は腹八分目を心がけているんだが、『蜻蛉』の料理は箸が止められなくてね。親父《おやじ》が、贔屓にしていただけはある」

「…………」

「そんな顔しなくても、三代目の代わりに俺が貸し切るよ。それでいいだろう？」

「俺が気にかけているのは、そんなことじゃありません」

酒で喉《のど》を潤《うるお》し、一つ溜め息をついてから、佳雨は訥々《とつとつ》と口を開いた。

「なんだか、悲しいです。三代目は、お人が変わっちまいました。若旦那が以前仰っていたように、奉公人の神隠しがよっぽど堪えたんでしょうか。どちらかといえば控えめで、穏やかな気性の方だったのに……。残念でしょうがありません」

「佳雨……」

「間違っても、あんな乱暴な口をきく方じゃなかったんです。俺と短歌を詠むのが好きだって、一晩中触れもしないで歌を詠みあったりして。板前時代の話をよくされていて、戯《たわむ》れにうちの厨房で魚を捌《さば》いて食べさせてくださったこともありました」

その時は梓もまだ新造《しんぞ》で、大喜びでお相伴《しょうばん》に預かっていたものだ。まだそんな遠い昔の話ではないのに、もう手が届かない過去なんだとしみじみと思う。世間から「色物」と蔑《さげす》まれることなど慣れっこだったが、豊蔵に言われると少々悲しかった。

「三代目は、おまえの身請けを諦めるとさ」

「え……？」

しんみりしていたところへ、耳を疑う一言が飛び込んでくる。

佳雨があんまり驚いた顔をしたので、足を崩した久弥はお銚子を片手に持ってにんまりと笑った。

「まぁまぁ飲め。一件落着だ」

「身請けを諦めるって、本当にそう仰ったんですか。それで、今夜もお帰りを？」

「ああ。だが、安心しろ。今まで通りに馴染みとして、おまえの元へ通うそうだから」

「…………」

「なんだ、信用できないのか？」

「いえ、そうじゃありません。でも……」

どうも、話が上手く行き過ぎている気がする。久弥の酌で二杯目を空け、佳雨は恋人の底知れなさを感じていた。あれだけ執心していたものを、ほんの一時間か二時間で翻意させるなんて、悪辣《あくらつ》な脅しでもかけない限り無理ではないだろうか。

「失礼だな、その言い分は。まるで、俺が策士のようじゃないか」

「い、いえ……そういう意味では……」

「俺は、骨董屋だからな。骨董屋なりの闘い方をしたまでさ」

「はぁ……」

煙《けむ》に巻かれた気がしないでもないが、どうやら久弥は詳しく話す気はなさそうだ。それよりもっと大事な話がある、と続けて言われて、それ以上は食い下がれなかった。

「なんです、大事な話って」

「漆の文箱のことだ。今の持ち主がわかったよ」

「だ、誰です？」

「——三代目だ。さっき、自分の口からはっきりそう言った」

「な……」

予想外の展開に、絶句したまま声が出ない。

もし豊蔵が本当に文箱を持っているなら、いくら金を積まれても久弥には譲らないのではないだろうか。彼自身が骨董の収集家ということもあるが、何しろ相手は佳雨を巡っての恋《こい》敵《がたき》になる。

「いや、話は逆なんだ。〝佳雨と別れるなら、文箱をお譲りする〟って言ってきた」

「………」

「どうも、あれが『百目鬼堂』の所有だと知っていたようだったな。俺が、ずっと行方を探していたことも承知していた。もっとも、消えた五品を俺が追っていることは、同業者の間じゃすっかり知られた話ではあるんだが」

茫然《ぼうぜん》自失の佳雨の盃へ三杯目を注《つ》ぎ、久弥は目の前でおどけてお銚子を振ってみせた。ハッと現実へ立ち返り、佳雨は慌てて酒を一息で飲む。先ほどから駆けつけ三杯の勢いだったが、可笑《おか》しなことに少しも酔いが回ってこなかった。

「それで、その……文箱は……」

らしくもなく、おどおどと切り出してみる。豊蔵が身請けを諦めたのなら、彼が持ち出した取り引きは反故《ほご》になったと考えるべきだろう。だが、それではまた久弥に迷惑をかけたことになる。先だっても、連続遊女殺人の犯人に襲われた自分を救うため、彼はやっと見つけた花瓶を割ってしまっているのだ。

「うん、いや…まぁ、どちらにせよ、三代目の話は信用できなかったからな」

「え?」

気にしなくていい、というように、久弥は穏やかな仕草でお銚子を脇《わき》へ置く。

「あの文箱を一度手に入れたら、そうそう手放したりできるもんじゃない。あれだけじゃなく、盗まれた五品は全てそういう〝魔〟を秘めている。俺に贋作《がんさく》は通用しないが、何かしら手を打ってのらくらと逃げるつもりだったと思う」

「〝魔〟……」

ぞくりと悪寒《おかん》が背中を走った。

初めの青白磁の鉢など、それを巡って人まで死んでいるのだから笑えない。

「そう考えると、夏目《なつめ》様のお母様は御立派でしたね。どういう経緯《いきさつ》で花瓶を譲り受けたのかはわかりませんが、しまい込んだままだったそうですし」

「逆を考えれば、危険だと察して外へ出さなかったのかもしれない」

「…………」

「加えて、蒼悟くんが無欲な青年だったことも幸いした。売って金にしようなどとせず、母の形見だと思って保管していたからね。実際、文箱が特定の人物ではなく盗品屋に流れたことには驚いているんだ。可能性は無視できなかったので情報屋に見張らせてはいたが、あれは魅入られてしまうか、怖れてしまい込まれるか、どちらかだと思っていたから」

「魅入られるか、怖れるか……」

まるで、骨董ではなくもっと得体の知れない「何か」について語られているようだ。

佳雨の肌は芯《しん》から冷え、盃を持つ手が微かに震え出した。先日、久弥が言った「五品は悉《ことごと》くおまえと縁がある」という言葉を思い出したのだ。

因果関係など何もないはずなのに、失われた五品の骨董はなんらかの形で自分の周囲へ現れる。同じ色街の遊女や、梓の水揚げ相手、そうして今度は自分の馴染み客だ。もっと広く考えれば、色街とそこに関わる人間が必ず巻き込まれている気もする。

佳雨の顔色を見て、久弥は宥《なだ》めるように声を明るくした。

「そう怖がるな。別に、俺は非現実的な話をしているわけじゃない。物《もの》の怪《け》が憑《つ》いていると か祟《たた》りがあるとか、そういう曰《いわ》くとはまた別なんだ。ま、個人的にはその手の話も嫌いじゃないがね。実際、そういう品は骨董を扱っていればいくらでも転がっているし」

「……やめてくださいよ。ただでさえ、廓は業《ごう》の吹き溜まりなんですから」

「普段は気丈な癖に、佳雨は意外と怖がりだな」

思い切り顔をしかめると、人の気も知らないでそんな風にからかわれる。だが、久弥はすぐに真顔になると、「じゃあ、話を戻すとするか」と呟いた。

「要するに、本当に価値のある品はそう簡単に人から人へは渡らないんだよ。目利きの人間なら誰もが独り占めし、離したくなくなるからね。持ち主が亡くなり、遺族が処分しようかと考えた時に初めて他人の手に渡る。今回の文箱は安土《あづち》・桃山《ももやま》時代の品で、手がけた漆職人と枝垂《しだ》れ桜を描いた絵師はそう有名な人物じゃない。それでも、古い割には持ち主の履歴がはっきりしていて、うちの蔵に来るまで五人の所有者の記録が残っていた。それは、盗まれた五品全てに言えることだけれどね」

「では、若旦那のお父様が〝世に出してはいけない〟と言い残されたのは……」

「もちろん、誰彼かまわず五品の骨董に魅入られるわけじゃない。そこには、ある種の法則と共通点がある。親父は、それに気がついたんだ。彼らはただ愛でるだけではなく、常軌を逸した執着心を呼び起こされる。ひいてはそれが骨董のみに留《とど》まらず、己の美学に適《かな》うものならなんでも手に入れたくなってくる……」

そんな品を〝魔〟と呼ばずして、なんと表現すればいいだろう。

そう言いたげな久弥に、佳雨は返す言葉がなかった。久弥の父が悲劇を生むまいと蔵へ封印しておいた物を一体誰が、どういう目的で盗み出したのか。恐らく、その人物は骨董の謂《いわ》れを知っていながら、あえて世に放出したのだ。

（なんのために……）

いくら考えても、ちっとも核が見えてこなかった。おまけに、久弥の話しぶりでは豊蔵がいきなり身請けを言い出したのも、文箱が手に入った影響ではないかという。そこまで想われていた自覚はなかったが、内に秘めた感情に自分が無頓着《むとんちゃく》でいただけかもしれない。

『色物の男花魁風情が、何を偉そうに』

ふと、耳の奥で豊蔵の発した罵倒《ばとう》が蘇《よみがえ》った。

もしかしたら、あんな言葉を言わせたのは自分の驕《おご》りが原因だろうか。そう思うと、佳雨は責任を感じずにはいられなかった。周囲に『裏看板』としてちやほやされ、男花魁の格を上げただの売れっ妓だのと煽《おだ》てられているうちに、とんでもなく傲慢《ごうまん》な人間になっていたとは言えないか。久弥との恋に溺《おぼ》れるにつれて、他の客をないがしろにしなかったと胸を張って断言できるのか。

「佳雨、おまえの悪い癖だ」

「え……」

「いつでも、何かの咎が自分にあると思い込む。大概にしないと、俺も鍋島様《なべしま》のようにがっかりするぞ？　妻子ある身で娼妓に入れあげるのは、どう考えても本人の責任だ」

「若旦那……」

打って変わって厳しい声音で叱《しか》りつけられ、ハタと堂々巡りの思いから目が覚めた。そうだった、と気持ちを正し、佳雨はすぐに自信を取り戻す。そう、自分は決して勤めを疎《おろそ》かにしたことなどなかった。そうでなくては、苦界に生きている意味はない。

「よしよし、顔がしゃっきりしたな」

偉いぞ、というように佳雨の頭を撫で、久弥は再び話し始めた。

「俺は、今夜の件で確信した。佳雨、一連の神隠しには三代目が噛んでいる。盗品屋に流れた文箱を彼が持っているのなら、まず間違いはないはずだ。前にも少し話したが、神隠しに遭った人間は『蜻蛉』の奉公人以外、いずれも盗品屋の店主と文箱について交渉していた。

そのうちの誰かが、実際に文箱を得ていたのは間違いない。ところが、今はどういうわけか三代目が持っている……おかしいだろう？」

「それ……本当ですか……」

思わず唾を飲み込み、信じ難い思いに声が震える。

だが、それでは奉公人の失踪はどう説明すればいいのだろう。彼が神隠しの最初の被害者だというなら、豊蔵の落ち込みは芝居だったことになる。

（あ、でも……三代目の変貌《へんぼう》が文箱のせいだとしたら）

世間的には、豊蔵の「人が変わってしまった」のは主人として責任を感じたせいだと思われているが、その説はたった今崩れてしまった。そうなると、芝居でもおかしくはない。

（だけど、奉公人なんか攫って何になる？　その子が、文箱を持っていたわけじゃなし）

考えれば考えるほど、わけがわからなくなった。小難しい顔になる佳雨に苦笑いし、久弥は改めて新しい酒を勧めてくる。

「酒の力でも借りて、その眉間《みけん》の皺《しわ》を取るといい。まだ、推測の域を出ないんだから」

「そうですが……」

「それに、行方不明になったのは盗品屋の店主も同じだ。九条は、今そちらを調べている。俺も、まったく無関係ではないと思う。だが、自分の店に出入りした人間を三人も攫うなんて、どうぞ疑ってくださいと宣伝しているようなものだしなぁ」

「希里は？　あの子は、どうなったんでしょうか」

一番肝心なことを思い出し、佳雨は久弥へ詰め寄った。

失踪した奉公人と友人だったという以外、希里がこの件に関係している部分はない。それならどうして彼まで消えたのか、その謎も久弥は解いているのだろうか。

「やっぱり、希里も三代目が？　そうなんですか？」

「あの人なら、『翠雨楼』にしょっちゅう出入りしている。可能性はあるな」

「…………」

「だが、これもまた単なる憶測だよ。もしかしたら、まったく別件かもしれない。ただ、おまえ付きの禿なら、馴染みの三代目と面識くらいはあったんじゃないのか？」

どうだろうか。久弥に言われて、佳雨は素早く記憶を巡らせてみる。何しろ、希里は色街にきてまだ一週間かそこらだ。その間に、豊蔵は何回登楼《とうろう》しただろう。

「……希里が消える四日前、一度いらしたことがあります。身請けのお話を、やんわりとお断りしました。その後で、改めてお父さんとお話はされていたようですが、俺と顔を合わせたのは先ほどが初めてです」

「消える四日前か。じゃあ、面識はあったわけだ」

「…………」

何か考えに気を取られながら、久弥は伏せていた盃をひっくり返した。込み入った話のせいか、やはり酒が欲しくなったらしい。佳雨はゆるりとお銚子を手に取り、無言で促してみる。心ここにあらずといった様子で、盃がボンヤリと目の前へ差し出された。

「もし、三代目に攫われたんだとして」

酒を注ぎ、佳雨はためらいがちに口を動かす。

「希里は、無事なんでしょうか。それと、神隠しに遭った方々も」

「どうかな。人殺しまでする度胸が、はたして三代目にあるかどうか。それに、何もかも一人でやるのは無理だろう。大の大人が三人に子どもが二人、そうそう簡単に攫えるもんじゃない。殺したなら死体の始末、閉じ込めてるなら見張りが必要だ」

「つまり、共犯者がいる……と？」

「そういうことだな。崩すなら、そっちからの方が有効かもしれない」

悲しんでいる場合ではないとわかっているが、それでも冷静に「死体の始末」なんて言われるのは気分が悪かった。

久弥には、そういうところがある。佳雨に向けられる言葉は温もりがあるのに、他人を評する時には時々ドキリとするほど感情がない。

「ん、どうした？　他にも、まだ気になることが？」

「……いいえ、なんでもありません。とにかく、見当がついたんなら一日も早く警察を動かしてくださいな。こうしている間にも、希里はどんな目に遭わされていることか」

「そうだな。まずは、九条に連絡を取ってみよう」

佳雨の憂いの原因が自分だとは知らず、久弥は盃を傾ける。

だが、核心に近づいたのも束の間だった。

神隠しの線は、これきりふっつりと切れてしまったからだ。

この夜を最後に、久弥が消えてしまった。

呼び出した甘味屋で、銀花《ぎんか》は開口一番「物好きも大概にしやがれ」と毒づいた。

彼は色街で佳雨と張る人気の男花魁だが、座敷以外ではその気配を欠片も匂わさない。強気で婀娜《あだ》っぽい美貌は無頓着に後ろで縛った髪で台無しだし、黒地に濃淡で朱、青、茶の縞《しま》が入った男物の着物は、稽古《けいこ》の途中で抜け出してきた役者のようだった。

「……ったく。おまえの間夫のことなんか、知るかってんだ。おい、親父。あんみつ一つおくれ。払いは佳雨につけてな。あ、あと梅こぶ茶も持ってきてくれ」

「早耳だね。もう、若旦那のことを聞いているとは」

「俺を見くびるなよ。こちとら御贔屓の旦那衆には、警察のお偉いさんだっているんだ。おまえのように取り澄ました娼妓じゃ、いくら綺麗《きれい》でも肩が凝るんだとさ」

ニヤリと癖のある笑いを浮かべ、自慢げな顔で銀花は言う。だが、生憎《あいにく》と今日の佳雨は憎まれ口に付き合ってやる余裕がまるきりなかった。

久弥が、行方知れずになって三日が過ぎる。

豊蔵が神隠しの裏にいる、と話していた翌日から、彼は家に帰ってはいないらしい。店は閉めたままだし、書き置きや電話もないという。長年百目鬼家に仕えてきた通いの家政婦が心配して、もしや『翠雨楼』に居続けているのかと訪ねてきたのが昨夕のことだ。

『若旦那が……帰ってこない……』

半ば呆然としながら、佳雨は必死に平静を取り繕った。嘉一郎の目があるので、決して取り乱した姿を見せるわけにはいかなかったからだ。もちろん、客が来れば相手をしなくてはならなかったし、身の入らない様子など絶対に悟らせてはならなかった。

「家政婦は、その足で警察にも相談に行ったらしいな。昨夜の客から、俺が寝物語に聞き出したのはそこまでだけどよ。でも、おまえいい勘してるぜ。早速、俺に連絡を寄越《よこ》すとはな」

「娼妓相手なら、お役人様も口が軽くなる。おまえの気を惹《ひ》くために、何かしらネタは出すんじゃないかと踏んだんだよ」

「けど、俺のところへ署長が来たと、なんでわかった？」

運ばれてきたあんみつの寒天を、銀花は匙《さじ》で次々と掬《すく》う。佳雨は自分の分には少しも手をつける気になれず、逞《たくま》しい食いっぷりに弱々しく笑んでみせた。

「蛇《じゃ》の道は蛇《へび》っていうだろ。俺だって、見た目は籠《かご》の鳥だが廓育ちだ。付き合いのある出入りの業者から、いくらだって話は引き出せる。違う見世の情報は、こっちにとっても貴重だからね。なんなら、銀花。おまえのお馴染みを、諳《そら》んじたっていいんだよ」

「綺麗な顔して、相変わらずおっかねぇ男だな」

首をすくめて呟くと、銀花は最後のお楽しみに取っておいた黒餡を一口で飲み込んだ。

「だが、悪いがおまえに教えてやれることなんか、何にもねぇよ。第一、昨日の今日で何がわかるっていうんだ。『百目鬼堂』の若旦那は巷《ちまた》で噂の神隠しに遭ったたって、世間じゃもう評判がたっているそうだけどな。あの家政婦のババア、言い触らしてんじゃねぇのか」

「おキミさんは、若旦那が学生の頃から奉公している人だからね。今じゃ身内のいない若旦那の身を、誰より案じているんだよ。悪い人じゃないんだ」

「どうでもいいや、そんなこと。おい、俺はもう帰るぞ。これから湯に行って、夜見世の支度に入らなきゃなんねぇし。若旦那のことは、また何かわかったら知らせてやるからよ」

「待ってくれ。そうじゃないんだ」

「ああ？」

ごっそさん、と席を立ちかけた銀花の袖《そで》を、慌てて佳雨は引き止める。見計らったように奥から出てきた店主が、梅こぶ茶の湯呑《ゆの》みを持ってきた。銀花はちっと舌打ちをして、渋々と椅子に座り直す。彼はやおら手付かずの佳雨の器を引き寄せると、二杯目のあんみつを梅こぶ茶でガツガツと喉へ流し込んだ。

「勿体ないことするな。てめぇの身体で稼いだ銭だろうが」

「……銀花、折り入って頼みがある」

「頼み？」

「おまえ、以前に刑事の九条様と会っているだろう？　ほら、遊女の心中事件の時。聞き込み調査のついでに親子丼《どん》を奢ってもらったと、そう話していたじゃないか」

「…………」

頭の回転の速い銀花は、すぐに佳雨の言いたいことを察したらしい。いかにも面倒そうに溜め息をつくと、腕を組んでふてぶてしくこちらをねめつけた。

「……で？　だから、なんだってんだよ？」

「銀花のことだ。ちゃんと、個人的な連絡先を教えていただいていると思ってね」

「おまえ、ほんっとに俺のことをお見通しなんだな。ちょっと気味が悪《わり》ぃぞ？」

「そりゃあ、当たり前だろ。なんせ、新造の頃からの付き合いじゃないか。よくお稽古事で一緒になったし、俺たちは数の少ない男花魁同士、仲良くしたって損はないだろう？」

「仲良く？　ふざけんな。てめぇが、そんな可愛いタマかよ」

片眉を皮肉に歪《ゆが》めて言い返すと、「でも、まぁいいや」とほくそ笑む。

「殊勝な顔した佳雨なんざ、そうお目にかかれないからな。九条って刑事の自宅番号なら、お察しの通りちゃんと聞いてあるぜ。けど、おまえには教えてやらねぇ」

「銀花……」

「なんせ、相手は将来、警察幹部の座を約束された有望株だ。そんな美味《おい》しい持ち駒《ごま》、むざむざ渡すわけにはいかないだろ？　けど、安心しな。俺から九条に連絡を取って、おまえに会いに行くよう話してやるよ。それでいいか？」

「ありがとう、恩に着るよ」

「おお、着てくれ。何枚でもよ」

今度こそ立ち上がり、銀花は軽やかに背中を向けた。だが、どういうわけかすぐには歩き出さず、やがてポツリとためらいがちに呟きを漏らす。

「若旦那……見つかるといいな」

「…………」

「じゃあな！」

照れ隠しなのか怒ったような声を出し、そのまま銀花は店を出て行った。


「わざわざお呼びたてして、本当に申し訳ありませんでした」

人払いをした応接室で、佳雨はようやく九条と二人きりになる。

銀花から連絡を受けた彼は、翌日すぐに『翠雨楼』へ来てくれたのだ。客を装うこともできたが、相手が花魁ともなると初回から会話はできないし、あれこれ決まりが鬱陶《うっとう》しい。そこで、見世側に嫌われるのを覚悟で「警察の聞き込み」という名目にしたのだった。

それでも、佳雨の部屋へ通すことは嘉一郎が許さず、洋風にしつらえた応接室での対面となる。ここは楼主部屋に一番近く、警察関係や役人相手に裏の取り引きが行われる場所でもあった。しかし、そうとは知らない九条は内装が安っぽくないと感心し、佳雨に面映《おもは》ゆい思いをさせる。聞いたところによると、鹿児島まで急な出張に行っており、今朝早くに帰宅して銀花からの伝言を聞いたらしい。

「え、ちょっと待ってください」

佳雨は、いくぶん青ざめて訊き返す。

「じゃ、九条様は若旦那の神隠しについてご存知《ぞんじ》なかったんですか？」

「ああ……いや、そうとも……言えないというか。や、出張は突然決まったんで、そういう意味では慌てたが……」

「はい？」

要領を得ない返事に、余裕のない佳雨は自然と声が険しくなってしまう。九条は気まずそうに出された緑茶を啜《すす》ると、観念したように深い溜め息をついた。

「実は、百目鬼の失踪はこちらで仕掛けたものなんだ」

「どういう……意味でしょう……」

「つまり、あいつは犯人にわざと接触して、捕まるように振る舞ったということです」

「…………」

一瞬、佳雨は自分の耳がどうかしたのかと思う。いくらなんでも、久弥がそんな酔狂な真似をするとは信じられなかったからだ。けれど、九条は真剣な顔で「本当なんだ」と己の言葉を肯定した。

「犯人の目星は、ほぼついた。だが、まだ証拠がない。そこで俺と百目鬼で相談して、このままじゃ埒《らち》が明かない、思い切って犯人の懐《ふところ》へ飛び込もうという話に……」

「じゃあ……」

「え？」

「若旦那は、わざと神隠しに遭ったっていうんですか？」

呆《あき》れと驚きの混じった声が、思わず唇から零れ出る。九条は申し訳なさそうに頷《うなず》くと、またもや湯呑みを所在なさげに啜った。

「百目鬼は、佳雨さん、あなたには概要を話してあると言っていた。だから、俺も打ち明けるんだが、『蜻蛉』の主人・豊蔵が今回の神隠しを行っているのは、間違いがない」

「……はい」

「しかし、残念ながら証拠がない。共犯者もわからない。踏み込もうにも、『蜻蛉』には警察上層部のお得意が多くて、ただ〝怪しい〟だけでは令状を出してもらえないんだ。それどころか、事前に情報が漏れて証拠を隠匿《いんとく》される怖れもある。……意味、わかるね？」

「攫った人たちを始末する――そういうことでしょうか」

「その通り。そうして、そこには多分、君の禿である希里くんも含まれている」

「…………」

だからね、と九条は眉間へ深く皺を刻んだ。

「ただでさえ、神隠しが起きてから時間がたちすぎている。いつまでも複数の人間を監禁などしておけないし、いずれにせよ、急がないと非常に危険なんだ。そこで、百目鬼が犯人を煽《あお》ることにした」

「そんな、若旦那にもしものことがあったら、どうするんです？」

「だが、希里くんに何かあったら、君が悲しむと百目鬼は言っていた」

「それは……」

「俺の調べでは、『蜻蛉』には現在使用されていない旧邸がある。豊蔵は、そこの蔵に収集品を保管しているらしい。鍵《かぎ》は彼だけが持っていて、普段から家族でさえ立ち入るのを禁じている。そこが、監禁場所ではないかと踏んでいるんだ」

絶句する佳雨へ、些か口調を和《やわ》らげて九条は続けた。彼も、久弥が攫われて三日もたっている事実に歯噛みする思いでいたのに違いない。本来は、いなくなった晩にすぐ踏み込む予定だったのに、思いがけない出張が入って東京を離れている間に事が起きてしまったのだ。

「俺が思うに……あいつ、一人で蔵の様子を見に行ったんじゃないかな」

「どうして、そんな危険な真似を？」

「多分、焦ったんだ。いなくなる前日、俺が三日か四日出張に出るという話をしたら、深刻な様子で〝長過ぎる〟と言っていた。豊蔵と直接対面して、今にも理性の糸が切れそうな印象を受けた、と。文箱をきっかけに箍《たが》が外れ、肥大しすぎた欲望のせいで何もかもが『物』に見えているんじゃないかってね。それは……恐らく人間に対しても」

「『物』に……」

悲しいが、それは佳雨も同感だ。

豊蔵は、すでにかつてと同じ人ではない。

「百目鬼は、たとえ捕まっても、俺が出張から戻れば助け出されると当て込んでいるんだとは思う。だが、現時点で奴の身の安全は保証できない」

「九条様……」

「恐らく、後始末のことを考えてもすぐに殺したりはしないはずだ。しかし、あくまで希望的観測でしかないし、かといって令状もなしに白昼堂々蔵を開けろと言ったところで、素直に犯人が言うことを聞くとは思えない。夜の更けるのを待って、豊蔵と共犯者が蔵に姿を現したところを押さえる、それしか逮捕の機会はないと思うんだ」

「若旦那は、どうしてすぐには殺されないと考えたんでしょう。神隠しに遭った人たちも、まだ殺されてはいないと……何故？」

「俺も、その点は不思議だったんだが……」

佳雨の質問に、九条はどういうわけか苦笑いを浮かべた。

「監禁場所に、お宝がしまわれているからだ。そう、百目鬼は言っていたな」

「お宝……三代目の収集品ですか？」

「ああ。骨董に魅《み》せられた者なら、収めている場所を人の血で汚《けが》したくはないはずだって。いかにも、あいつらしい意見だよな。人間、切羽詰まれば宝より自分の身を守りたくなると思うんだが……」

ともかく、と彼は決意を秘めた目でこちらを見つめ返してくる。正式な応援は望めず、単独で乗り込むからには九条自身も己に危険が振りかかるのは承知なのだろう。だが、すでに久弥が捕らわれている以上、ためらっている時間はなかった。

「俺は、今晩『蜻蛉』の旧邸へ向かうよ。いざという時は、近隣の警官を脅してでも連れていく。だから、君はおとなしく待っていてくれ。久弥と希里くんを無事に保護したら、必ず『翠雨楼』へ連絡をさせるから。いいね？」

「連絡を……」

それが、遊郭に働く自分の限界だ。

恋しい人が命の危険に晒されているというのに、ただ無事を祈ることしかできない。

「佳雨くん？　大丈夫か？」

「え？　ああ、すみません。大丈夫です。今晩というと、踏み込むのは夜中ですか」

「豊蔵の最近の行動を調べると、夜中の二時から四時まで蔵で過ごすことが多いんだ。それも、決まって水曜と金曜にね。今夜はちょうど金曜だし、油断した頃を見計らって四時前には行動を起こす。だから、朝には全て片付いているよ。安心してくれ」

「そうですか……」

安心など、久弥の顔を見るまでできっこない。

そう言いたいところをなんとか堪えて、佳雨は弱々しく微笑んだ。忙しい職務の傍ら、九条もよくいろいろ調べ上げたと思う。久弥の勇み足がそれを台無しにしなければいいが、こうなっては彼らも前へ突き進むしかないのだろう。

「もし、これで空振《からぶ》りだったら、クビどころじゃ済まないだろうなぁ」

席を立った九条は、自嘲《じちょう》気味に笑って呟く。佳雨は、そんな彼にそっと顔を近づけると、相手が狼狽するのも構わずに耳元へ唇を寄せた。

「九条様。今晩、蔵へ踏み込むのなら、用意しておいた方がいいものがあります」

「え？」

「それは……」

ぼそぼそと伝えると、九条の顔がたちまち困惑に染まる。

だが、佳雨は「きっとですよ？」と念を押すと、ようやく彼から身体を離した。

午前三時を回り、もういい加減に大丈夫だろうと床から身を起こす。

今夜最後の客は義重で、見送ったのは小一時間も前のことだ。佳雨は音をたてないよう注意深く衣装簞笥《だんす》の引き出しを開け、普段は滅多に身につけることのない男物の白いシャツとズボンを一番下から取り出した。

男花魁として生活している以上、着るのは一年中女物だ。美貌の男が華美な花魁衣装で美しく装うことを客は喜ぶし、それでだいぶ「男を買う」抵抗も減る。

だが、例外が一つだけあった。

馴染み客と一緒に大門を潜《くぐ》り、外の街へ出かける場合だ。

さすがにこの時ばかりは女装するわけにもいかず、佳雨もごく普通の青年のなりをする。もっとも廓の水に慣れ親しんだ風情はそう隠せるものでもなく、際立った容姿も相まって注目を集めてしまうのに変わりはなかったが。

「さてと、問題は大門だ……夜中に帽子というのも目立つし」

とりあえず着替えたものの、見張りの者に顔を見られれば一発で素人《しろうと》でないことはわかってしまう。なんとか居続けの客の振りをして脱《ぬ》けられないかと考えていたが、いざとなると到底成功するとは思えず、緊張で身体が震えてきた。

「だけど、こうしている間にも若旦那の身はいつ危うくなるとも限らない。とにかく、急いで色街を出ないと九条様に遅れを取ってしまう」

昼間、九条と話した内容によれば、彼は今夜計画を決行するのだと言っていた。それをわかっていながら、のんびり待ってなどいられない。佳雨の身請けを諦め、文箱を手に入れた豊蔵が久弥を攫う理由は、もう口封じしか考えられなかった。無論、久弥や九条はそれを見越して行動したのだろうが、そうなるといつまで生かしてくれるか甚《はなは》だ心許《こころもと》ない。

「まったく、若旦那も九条様も無茶をしなさる……」

溜め息混じりに呟いてから、誰より無茶をしているのは自分だ、とふと可笑しくなった。

確証はあるのに、証拠がない。こうなったら、神隠しに遭った人たちを閉じ込めている現場でも取り押さえるしか手立てがない。事は一刻を争うし、もうのんびり豊蔵が尻尾を出すところを待っちゃいられない。――そう呟いた九条の言葉に、その場で佳雨の心は決まった。

「二度と事件に首は突っ込まない」と久弥と約束はしたけれど、このまま何もせずに遊郭の片隅で、男に抱かれながら安否を気遣うのは耐えられない。

だが、想いの強さとは裏腹に、そう首尾よく行動できれば苦労はなかった。

「若旦那……」

娼妓の足抜けには、三日三晩の責め苦が待っている。

佳雨は、これまで嫌というほど折檻を受ける女郎たちを見て育った。肌に食い込むほど縄で縛られ、若い衆に殴られ蹴《け》られて失神すれば、今度は水責めに遭って熱い蠟《ろう》を垂らされる。

食事も与えられず、薄暗い布団部屋に押し込まれ、さながら虫けらのように扱われるのだ。いくら売れっ妓だ、裏看板だと言われていようが、特別扱いなんぞ許されない。そんな苦痛と引き換えにしてでも、この目で久弥の無事を見なくては気が済まなかった。

せめて、あと一日猶予があれば、と思う。それなら、足抜けの上手い方法を考えることができたかもしれない。だが、一日延びれば攫われた人たちの危険はそれだけ増すし、佳雨自身がもうこの状況に我慢ができなかった。

久弥に、万一のことがあったら。

そう考えるだけで、芯から恐怖で身体が震える。たとえ九条が駆け付ける算段をしているとしても、相手は半分正気ではない。たかが文箱で人攫いをし、子どもまで巻き添えにするような人間にはなんの期待も持ちようがない。

「くよくよ悩んでたって仕方がない。よし、とにかく表へ出るとしようか」

ほとんどの客が帰ったか、寝静まっている時刻ではあるが、二階番やら出入り口の見張りやらが寝ずの番をしているので、楼閣から出るのさえ一苦労だ。だが、佳雨とて伊達《だて》に五歳からこの建物で暮らしているわけではない。上手く若い衆たちの目を盗み、なんとか裏口から表へ出ることには成功した。後は大通りへ出て、大門を潜る算段をするだけだ。

「お父さん、ごめんよ。朝までには、必ず帰るから」

艶《つや》やかな満月の浮かんだ夜空を仰《あお》ぎ、小さく口の中で呟く。

さぁ、いよいよだ。

薄手の襟巻を引き上げて顔の下半分を隠し、佳雨は大きく深呼吸をした。

「なんとしても、大門を潜ってみせる」

脱走が露見すれば、自分から素直に戻ったところで折檻を免れることなどできない。だが、今は久弥に会えさえすればそれで良かった。そのためならば、廓の仕来たりなんかどうでもいい。

お笑い種《ぐさ》だ、とふと思った。

日頃、あんなにも娼妓の矜持《きょうじ》だ、色街の決まりだ、とうそぶいているくせに。

そんな声が心の片隅で響き、佳雨は愚かな自分が不意に愛しくなった。孤独を誇りにし、色街の住人として気概を持って生きてきたつもりだが、今自分は自らの意思で誤った一歩を踏み出そうとしている。そのことが今後の運命をどれだけ狂わせるかわからないのに、怖れなど少しも感じなかった。

「桜が……」

夜気に乗って舞う花弁に、佳雨は思わず目を細める。

四月も半ばへ近づこうという時期だ。遅咲きの樹《き》ですら今やほとんどが葉桜となり、久弥と満開の下で綿菓子を食べたのが遠い出来事のように思える。

「野暮ですね、若旦那……」

知らず、想いが溢《あふ》れてきた。

刹那を引き立てるために降る、桜雨《さくらあめ》。

おまえの名前とは逆だと、久弥は言った。けれど、一緒にいる時は一瞬一瞬を惜しむあまり、いつだって胸に桜雨が降っていた。

——と。

「おやおや、どうしたんだね。そんな、風変わりな格好をして」

「…………」

「だいぶ、出てくるまでに時間がかかったようだ。お陰で、待ちくたびれてしまったよ」

「鍋…島様……」

本気で、息が止まるかと思った。

確かに帰ったはずの義重が、路地からゆっくりと現れる。三つ揃いを端正に着こなし、夜目にも貴族然とした余裕を漂わせながら、義重は佳雨の全身をしばし無言で観察した。

「鍋島様、あの……」

「ふぅむ」

「鍋島様……」

後生だから、見逃してください。口の端まで、そんな言葉が出かかった。けれど、佳雨の形振《なりふ》り構わず懇願する様《さま》を少しでも見たら、義重はたちまち幻滅するだろう。興味のない人間に彼がどれだけ冷たいか、想像することは非常に容易《たやす》い。

「佳雨、おまえこんな夜更けにどこへ行こうというのかな?」

「………」

「娼妓が大門を潜るには、客の付き添いが必要だ。莫大な連れ出し金の他、保証として残りの借金と同額の金を預ける決まりがある。それでも、出ていられるのは一日だけ。翌日の夜には、廓へ必ず戻っていなきゃならない——そうだったね?」

「そう…です……」

「だが、見たところおまえは一人のようだ。しかも、そのみすぼらしい格好はなんだね。私が慈《いつく》しんで育てた男花魁は、間違ってもそんな浅はかな真似をする子ではないのだが。これが間夫のためだというのなら、私はおまえを買い被《かぶ》っていたようだ」

何一つ言い返せず、佳雨はただ立ち尽くした。

見つかってしまった、という絶望感が、全ての気力を奪っていく。せめて、九条が上手く働いて、久弥や希里を救い出してくれることを心の底から祈った。

「おまえは、変わってしまったね」

義重は、そんな自分を一瞬憐《あわ》れんだようだ。微かな瞳の翳《かげ》りに誇りが傷つき、佳雨を強く打ちのめした。男花魁として生きると決め、後悔はしないと誓った日々が、今夜で全て崩れていく。その野辺《のべ》を見送るのが、初めて身体を開いた男だというのは、なんとも皮肉な巡り合わせに思えた。

「……来なさい」

やがて、義重は低い声で命令した。

だが、佳雨の足は動かない。

未練がましいと言われようが、理性ではどうしても動かすことができなかった。

「聞こえなかったのかね？　佳雨、私と来なさい」

「鍋島様、でも俺は……」

みっともないとは思ったが、素直にその手を取ることはできない。頼りなく立ち尽くす佳雨に呆れたような吐息を漏らし、義重は「……林田《はやしだ》」と素っ気《そけ》なく誰かの名前を呼んだ。

すると。

いつの間に来ていたのか、両手にトランクケースを抱えた初老の男が暗闇《くらやみ》からのそりと姿を現す。佳雨が驚いて声も出せずにいると、男は義重の合図でおもむろにトランクケースの蓋《ふた》をぱちりと開けた。

「これは……」

夜目にも、そこに詰められた物がなんであるかはっきりとわかる。

それは、隙間《すきま》なく収められた札束だった。

「林田は私の秘書だ。楼主には、彼から話をつけさせる」

「え？」

「娼妓のおまえが大門を出るのには、私という連れが必要だ。正直、そんな質素な青年を伴うのは気が進まないが、先ほど葉桜を見つめていたおまえは格別に美しかった。その横顔に免じて、今夜だけは我慢してやろう。愚かなおまえなど、座敷では決して見られないからね」

「そん…な……」

「佳雨、私と来なさい。大門を出たいんだろう？」

「……いけません……」

「佳雨」

「駄目です。いけません。そんなの……無理です」

再び目の前へ差し出された手を、佳雨は懸命に拒もうとする。いくらなんでも、義重にここまでしてもらえる道理がない。惚れた男のために足抜けを試みるなんて、娼妓がもっとも犯してはならない大罪なのだ。仇花《あだばな》として咲く自分を愛する義重が、その罪の手助けをするなんて、彼の美学を根底からめちゃくちゃにしてしまう。

「ふむ……」

いくら待っても埒が明かないと踏んだのか、義重は自分から近づくと、問答無用で佳雨の右手を取った。

「な、鍋島様！」

「おや、これはなかなか愉快な趣向だ。なんだか、歌舞伎《かぶき》の山場のようじゃないか」

「そんな……」

明らかに、義重は面白がっている。してみると、先ほどの落胆した素振《そぶ》りも全て芝居だったのかもしれない。まるで道行《みちゆき》のように手を引かれ、大門を目指して歩きながら、佳雨はまだ半信半疑の思いで口を開いた。

「鍋島様、どうして……」

「『百目鬼堂』の主人が神隠しに遭った話は、私の耳にも届いている。昼間、おまえの元へ九条という名の刑事が訪ねてきたことも承知だ」

「…………」

やっぱり、という思いで佳雨は小さく溜め息をつく。

「では、何もかも最初から……？」

「見くびってはいけないよ。私は、おまえの身体を知っている。恐らく、おまえの間夫よりも深くね。その肌に触れれば、何かを思い詰めていることは容易に伝わる。それが、命と引き換えにするような強い決意だということも。違うかね？」

「鍋島様……」

羞恥《しゅうち》で身体が熱くなったが、否定はできなかった。義重の言うように、男花魁としての自分は閨《ねや》の作法を一から十まで彼に仕込まれている。

「佳雨、今夜のおまえは緊張が漲《みなぎ》り、僅かな刺激にも敏感だった。それで、すぐに察せられたよ。だが、私が金を出すと言えばおまえは即座に断るだろう。だから、こうして不意を突くのが一番と判断した」

「………」

敵《かな》わない、と思った。

義重を出し抜こうだなんて、ちらとでも考えた自分が浅はかだった。

「さぁ、着いた」

「……はい」

とうとう、大門が目の前に迫ってくる。詰め所から出てきた見張り番の男たちも、義重の顔はよく見知っており、皆が恭《うやうや》しく挨拶《あいさつ》をしてきた。義重は鷹揚《おうよう》な態度で頷き、それを合図に閉め切られた門がゆっくりと開かれる。

「行くぞ、佳雨」

先に、義重が大股《おおまた》で大門を潜った。

半歩遅れて佳雨が踏み出し、背中で扉が閉まる音を聞く。ついに出た、と胸で呟き、繋がれた右手へ感謝を込めて視線を落とした。

「お帰りなさいまし、旦那様」

外では黒塗りの高級乗用車が停《と》まっており、白い手袋の運転手が頭を下げて出迎える。義重は佳雨の背中を押すと、「乗りなさい」とまた命令した。

「送っていこう。どこへ向かえばいいんだね？」

「え…でも……」

「自動車に乗るのは初めてか？　なに、遠慮することはない」

ためらう佳雨へ、いかにも楽しげな様子で義重は言う。

「あの若者に、ちょうどいい貸しができた。佳雨、彼に伝えておくれ。妻に贈る赤絵の茶碗を、私が値ごろで探しているとね」

「…………」

続いて後部座席へ乗り込み、彼は横顔で勝ち誇ったように微笑んだ。そうして、まだ戸惑いを隠せない佳雨へ、ほとんど独り言めいた口調で語りかける。

「他人の世話を焼くおまえなど、見たくもないと思ったが」

「……覚えています」

「まさか、足抜けまでするとはね」

そう言うなり、義重はくすくすと笑い出した。神妙な顔で聞いていた佳雨は、たちまち身の置き所がなくなり、座席で小さく縮こまる。

「おまえは、面白いな。佳雨」

「そんな……」

「そこまで馬鹿になるなら、見届けてやろう。おまえの見せる別の顔が、私を満足させられるならな。そのために幾ら金を使おうが、さして惜しくはない」

もう一度、義重が笑った。

車が緩やかに走り出し、初めて味わう振動に佳雨の鼓動は速足になる。

九条が『蜻蛉』の旧邸へ忍び込む、といった時間まで、あと三十分もなかった。


照明のない蔵の中では、窓からの月明かりだけが頼りだ。後ろ手に手首を縛られ、同様に足首の自由も奪われている久弥は、隣で同じ格好をしている希里へ話しかけた。

「大丈夫か、希里。悪いな、すぐに助け出してやれなくて」

「これくらい平気だよ。ずっと一人だったから、話し相手ができてよかった」

「そう言ってもらえると、有り難い」

変わらず生意気な口調に苦笑し、やれやれと窓越しの満月を見上げる。何者かに殴られ、失神したところをここへ連れ込まれて今日で三日が過ぎていた。かろうじて飢え死にしない程度の食事は日に二回差し入れられたが、それもいつまで続くかわからない。唯一の救いは希里が生きており、ここで再会をはたせたことだった。

「若旦那、ずいぶん男前になったな」

揶揄《やゆ》するように、希里が笑う。さすがに洗面までは面倒みてもらえなかったので、すっかり無精ひげが伸びていた。助かったら、食事より何よりまず風呂だ、と呟き、希里にまた笑われる。苦労知らずの坊ちゃんらしい意見だ、と暗《あん》に言いたいのだろう。

「しかし、九条の奴め。いい加減、踏み込んできていい頃合いなのに何をやっているんだ。ぐずぐずしていると、本当に殺されてしまうぞ」

「そうかな。俺たちを始末する気なら、とっくにしていたと思うけど」

「だが、俺の失踪で世間はますます騒ぎ出しているに違いない。もし俺が家に帰らなくなったら、〝神隠し〟だと吹聴《ふいちょう》して回ってくれと、家政婦に言い付けておいたんだ。風評ってのは、なかなか馬鹿にしたもんじゃない。追い詰められた心境になれば、何をやりだすかはわからないさ」

「なんで、わざわざ犯人を焦らせるんだよ。危ない目に遭うだけじゃないか」

「そりゃあ、動いてもらわなきゃ困るからさ」

久弥の返事は理解し難いのか、希里は難しい顔になる。まずい、と慌てて笑みを取り繕うと、「悪いな。脅かすつもりじゃないんだ」と付け加えた。

「いいよ。俺、とっくに覚悟はできてるんだ。だけど、周《しゅう》ちゃんの仇《かたき》を取ってやれないことだけは心残りだ。まさか、死んじまってるなんて……」

「希里……」

恐らく、久弥が来るまで一人でさんざん泣いていたのだろう。

希里の頰は幾筋もの涙の跡で強張り、見ていて痛々しいほどだ。大人《おとな》びた口をきき、強情で可愛げなど欠片もないが、やはりまだ子どもなんだな、と久弥は気の毒になった。

（無理もない。いつか会えるという希望さえ、奪われてしまったんだから）

再会した希里から聞いたのは、彼の幼馴染みがすでに亡くなっていた、という悲しい事実だった。豊蔵の言い付けに従って盗品屋の近くで文箱の買い主を待っていた彼は、経緯は不明だがどうやら店主の手にかかったと思われる。彼らが店を畳んでいなくなったのには、そういう理由があったようだ。

その話を希里へ伝えたのは、他ならぬ豊蔵だという。

『俺、周ちゃんが神隠しに遭ったたって噂を若旦那に確認したら、いてもたってもいられなかったんだ。だから、次の日に豊蔵が佳雨へ会いにきた時〝周ちゃんは本当に消えたのか〟って訊いてみた。〝俺は、周ちゃんの幼馴染みなんだ〟って言ってさ。そうしたら、あいつ怖い顔して佳雨に会わないまま帰っちゃって……』

何か、まずいことでも訊いてしまったんだろうか。それなら、佳雨に悪いことをした。そう思った希里は、次に豊蔵が来たら謝ろうと決め、秘《ひそ》かに登楼を待つことにする。

そうして——攫われたのだった。

『〝新しいのを買ってやろう〟……そう言ったんだよ』

希里は、悔しそうに唇を噛んだ。掃除の最中、誤って福寿草の鉢を割ってしまい、困り果てているところへ言葉巧みに丸めこまれたのだ。佳雨がどれだけその花を大事にしているか知っていただけに、つい誘いに乗ってしまったという。ごまかそうとした自分の落ち度だと、わかってはいたが腹が立って仕方がなかった。

『二階番の一人に、いろんな女郎から小遣いもらって融通を利かせてる奴がいるんだ。そいつを使って、死人を入れる樽《たる》の中へ俺を匿《かくま》わせた。花を買うだけなのに、なんでそんなことまでするのかわかんなかったけど、言うこと聞かないと買ってもらえないと思って。大門から出ていたなんて、全然知らなかった』

もういいよ、と声をかけられ、蓋を開けたところで見知らぬ男に捕まった。それきり、わけもわからないまま蔵に連れ込まれ、消えた奉公人の行方を再三詰問《きつもん》された。どうやら、豊蔵は神隠しなど信じてはおらず（当然だ、自分がその首謀者なのだから）、奉公人は出奔したと思い込んでいたらしい。

『許せないって、何度も何度も言ってたよ。可愛がってやった恩も忘れて、何も言わずに逃げ出すなんて裏切りだって。俺、周ちゃんはそんな奴じゃないって言ったけど、ちっとも聞こえてないみたいだった』

佳雨への執着を見せ始めた頃、豊蔵は奉公人に対しても異常なほど支配欲を高め出した。挙句《あげく》の果てに、幼馴染みの希里を使えば奉公人をおびき寄せられると考えたようだ。

しかし、直《じき》に無駄な勘ぐりだったことを豊蔵は知る。

手掛かりを求めて逃げた盗品屋に日参するうち、裏庭の土が新しく掘り返されていることに気づいたからだ。怪しい雰囲気に（もしや）と思い、夜中にこっそり確かめたところ、奉公人の刺殺体を発見した。だが、今更希里を解放するわけにはいかない。仕方なく蔵に押し込めたまま、持て余していたのだった。

（成る程ね……）

希里から一連の話を聞いて、監禁されている間、久弥はあれこれ考えた。

豊蔵が怪しいという線は、九条も先刻承知している。だが、確たる証拠がないため動けずにいるのだ。『蜻蛉』には警察上層部の顧客も多く、何かと捜査に横槍《よこやり》が入りやすいのだと彼は愚痴っていた。「だから、厳然たる事実が必要なんだ」と。それには、神隠しに遭った三名を見つけるのが一番だったが、どうやら目星をつけていた旧邸の蔵にはいないようだ。

（だから、いっそ俺に目をつけてくれたのは不幸中の幸いなんだが。少なくとも、監禁の生き証人だしな。それにしても、まだ役者が足らない。これで九条が踏み込む機を逸すると、俺も希里も捕まり損だ）

それだけではない。

すでに、豊蔵は文箱を手に入れている。要するに、行方を追うために攫ってきた三名はもう お払い箱なのだ。それは、もちろん自分や希里にも言えることだった。

（まぁ、三名が別の場所で生きているなら、の話だが。しかし、希里をいつまでも生かしておいたことを思えば、やはり豊蔵に人を殺す度胸はないんだろうな）

だからこそ、久弥は知りたいのだ。

豊蔵の犯行に手を貸し、事態を大きくさせた共犯者の正体を。

「なぁ、若旦那」

考えに耽《ふけ》っていたら、希里が遠慮がちに尋ねてきた。

「いくら犯人の尻尾を摑むためとはいえ、なんで自分から捕まったりするんだよ」

「いや、予定じゃ様子見だけして、捕まるのはもう少し先だったんだけどね」

「呑気《のんき》なこと言ってら。佳雨が泣いてるぞ」

呆れ顔で毒づかれ、もっともだ、と久弥は思わず苦笑する。

「佳雨は、おまえのことをとても心配していたんだ」

「え……」

「俺は、あいつに惚れている。惚れた相手が暗い顔をしていたら、知らんふりはできないだろう？　それに、希里だって誰かが一緒の方が心強くはないか？」

「それだけ……のために……？」

「まぁな」

呆気に取られる希里へ陽気に頷いてみせると、彼はくしゃりと顔を歪ませた。勝ち気な黒目がみるみる潤《うる》み出し、慌てて明後日《あさって》の方向を向く。そうして、消え入りそうな声で「バッカじゃねぇの」と呟いた。

突然、ガタガタと蔵の扉が動く。やがて、息を詰めて見守る中、二人の男の影が月光を背に浮かび上がった。

「おや、今夜は綺麗な満月だ。若造、おまえが見る最後の月になるかもしれないよ」

声の主は豊蔵で間違いないが、もう一人の洋装の男には生憎と久弥も見覚えがない。年齢は豊蔵より若干若そうだが、着ている背広は上等な品だし、『蜻蛉』の使用人などには見えなかった。

「あ！」

突然、男を見た希里が声を上げる。

「あいつ、俺を蔵まで連れて来た奴だ！」

その頃、義重に送ってもらった佳雨は驚き渋る九条を説き伏せ、彼と共に『蜻蛉』の旧邸の庭へ忍び込んでいた。ここは老朽化が激しかったため先代の頃に店だけ移築され、以来十数年空き家になっている。今も使われているのは蔵だけで、せっかくの日本庭園は放置状態だし、屋敷に至っては近所から幽霊が出るとさえ言われていた。

「敷地だけはそこそこ広いんで、いずれ二号店をここへ開く予定らしい。だが、あまりに荒れ果てているせいで、なかなか具体化しないようだな」

「蔵には、本当に若旦那たちがいるんでしょうか」

「それは間違いない。君が来る前に、窓越しの会話が微かに聞こえていた。あれは、確かに百目鬼の声だ。合図しようと思ったんだが、その前に豊蔵たちが来てしまったんで慌てて身を隠していたんだ。いくら現場を押さえても、逃げられては元も子もないからな」

「では、若旦那たちは無事なんですね？　希里は？　あの子もいましたか？」

瞬時に鼓動が跳《は》ね上がり、摑みかからんばかりの勢いで迫る。だが、九条は険しい表情を緩めずに、ゆっくりとかぶりを振った。

「確認はできていないが、子どもの声らしきものは聞こえた。ただ、窓の位置が高くて内部の様子はわからない。話し声も、内容まではわからなかった。すまない」

「そう…ですか……」

「だが、生きていることは確かだ。俺の部下が応援を頼みに行っているから、間もなく警察も駆けつける。百目鬼たちが監禁されているとわかった以上、大手《おおで》を振って踏み込めるさ。

現行犯なら、令状は必要ないしな。……それにしても」

不安の消えない佳雨を、九条は呆れ顔でまじまじと見つめる。

「あんたも無茶するよなぁ。まさか、廓を脱けて来るとは思わなかった。鍋島子爵が手を貸さなかったら、どうするつもりだったんだ？」

「きついお仕置きを受けて、また男花魁に戻ります」

「………」

「俺は、逃げたかったわけじゃありません。若旦那をお救いしたい、それだけですから」

さらりと気負いもなく言ったせいか、却《かえ》って九条は二の句が継げないようだ。改めて青年の姿をした佳雨をまじまじと見つめた後、毒気を抜かれたように深い溜め息をついた。

「こうやって見ていると、やっぱり男にしか見えないよなぁ」

「当たり前じゃないですか」

「あー、いや、俺、あんたに謝らないと」

「なんのことです？」

九条に詫びられるようなことなど、何かあっただろうか。心当たりのない佳雨は、ジッと相手の目を見つめ返す。すると、九条は慌てたように顔を逸らし、「ほら、いつぞやの」と早口でまくしたてた。

「年末だったか、百目鬼と二人で座敷へ乱入したことがあっただろう。確か、あいつの探していた花瓶がどうとかいう頃に」

「ああ、そういえば……」

「あの時、あんたは別の男と床入りをする寸前だったよな」

「…………」

場所が遊郭なのだから当然だが、彼はいかにも決まりが悪そうに苦い顔をする。

「驚いた俺は、無神経なことを言ってしまった。申し訳なかったよ」

「九条様……」

今更だが、と付け加える九条に、佳雨はどんな顔をしていいかわからなくなった。第一、彼から謝られるまですっかり忘れていたことだ。

『君は百目鬼と好き合った仲なんじゃないのか？　他の男と初夜だなんて、そうさらりと口にするのはどうも……俺にはよくわからないな』

客に無礼は許さない、と久弥や九条を追い出す佳雨に、戸惑いを隠しもせずに呟かれた言葉。だが、それこそまっとうな感覚だと、佳雨は冷静に受け止めた。

（まぁ、思い切り皮肉は言ってやった覚えがあるけど）

しかし、もう数ヶ月も昔のことだし、こんな場面で持ち出されても苦笑するだけだ。九条は叩《たた》き上げの刑事とは違い、学歴もある良家の子息なので、妙なところで生真面目なのだろう。もし彼が男花魁に興味を持つようになったら、銀花にとっていい鴨《かも》になるに違いない。

「なんだか、ずいぶんと気まずいな。ええと……あ、そうだ」

柔らかな沈黙に居たたまれなくなったのか、コホンと咳払《せきばら》いをして九条は話を変えた。

「昼間、俺が鹿児島まで出張に出ていた話はしたよな？」

「もちろん、覚えてます。それが何か？」

「あの後、鹿児島の県警から連絡があった。雲隠れしていた盗品屋とその一味が、今日逮捕されたらしい。奴ら、贋作の壺《つぼ》を鹿児島の資産家に売り付けた疑いで手配書が回っていたんだ。俺が足取りを追っていたんで、向こうから要請を受けて捜査協力に行っていたんだが、ようやく逮捕まで漕《こ》ぎつけたってわけだ」

「じゃあ、文箱を売った相手も？」

「ああ。最終的に、鮨屋の女将が手に入れたことがわかった。どうだ、これで神隠しと綺麗に繋がったぞ。しかも、得た情報はそれだけじゃない……あ」

「どうしました？」

一瞬前まで興奮気味に話していたのに、どういうわけか九条の舌の動きが急に鈍くなる。なんだろう、と佳雨が訝しんでいると、彼は痛ましげな様子で一段、声を落とした。

「実は、県警の方で取り調べている間に余罪がざくざく出てきたんだが……東京で子どもを手にかけて、それで逃げてきたと白状したらしい。多分、『蜻蛉』の奉公人のことだ」

「え……」

サッと顔が青ざめ、佳雨は睫毛《まつげ》を震わせる。

「じゃあ、希里の幼馴染みはもう……？」

「残念だが……。奴ら、文箱とは別件で強盗殺人をやらかしていて、たまたま使いで店頭から離れなかった小僧に話を聞かれてしまったらしい。で、やむなく手にかけた後、店の裏庭に死体を埋めて逃亡したと供述をしている」

「そんな……」

希里は、はたしてそれを知っているのだろうか。

佳雨は瞳を伏せ、我の強い気丈な顔を思い浮かべる。できるなら、今すぐ駆け寄って抱き締めてやりたい、と強く思った。

「奉公人の遺体はすでに自供に従って掘り返され、警察で安置されている。秋田から両親も上京して、昼には荼毘《だび》に付すそうだ」

「だったら」

落ち込みかけた気持ちを奮い立たせ、佳雨は凜《りん》とまなじりを上げる。

「是が非でも朝までに希里を助け出して、見送りに立ち会わせてやりますよ。それくらいさせてやっても、決して罰《ばち》は当たらないはずです」

「佳雨くん……」

一瞬、九条は気圧されたように沈黙したが、やがて表情を引き締めると「その通りだな」

と言った。

「そういえば、先ほど九条様は〝豊蔵たち〟と仰いましたね。ということは、共犯者が一緒なんでしょうか。蔵には三代目が一人で通っていたはずなのに、どうして今夜に限って二人でやってきたんでしょう」

「つまり、こうは考えられないか？」

「え？」

「盗品屋が逮捕されたのを、奴らはどこかから知ったんだ。『蜻蛉』にはいろんな客が出入りするし、中には豊蔵が懇意にしている警察の者もいる。情報を入手するのは、そう難しくはないだろう」

「そうか。もし盗品屋の口から何かの弾《はず》みで文箱の話題が出たら、神隠しに遭っている女将が持ち主だと外へ漏れてしまう……」

「そうなったら、困るのは豊蔵だ。なにせ、百目鬼へ〝漆の文箱を持っている〟と自ら告白しているんだから。どうやって手に入れたのか、奴には説明できないだろう」

「だから、その前に口封じを……？」

自分で言っておきながら、佳雨は芯から身体が凍る思いだった。

やはり、今夜廓を脱けたのは間違ってはいなかった。今夜でなければ、駄目だったのだ。逸《はや》る心を懸命に抑え、何度も久弥の名前を胸で呼ぶ。そうとわかれば、もうこんなところでおしゃべりなどしてはいられない。警察は、一体何をぐずぐずしているのだろう。

「ああ、それと」

今にも立ち上がって駆け出しそうな佳雨へ、九条がやんわりと「待った」をかける。

「君と『翠雨楼』で話した時、踏み込むなら用意しておくといいと言われた例の物を持ってきた。うちにあったガラクタ同然の品だが、本当にこんなので良かったのか？」

「貸してください」

風呂敷に包まれた品を受け取った佳雨は、ざっと中を確かめてにっこり笑った。

そうだ、取り乱している場合ではない。ここで自分たちが見張っているとバレたら、豊蔵たちを刺激するだけで終わってしまう。そうなったら最悪だ。

「充分です、九条様。これは、もしやの場合の保険ですから」

「保険？　このガラクタが？」

「はい」

にこやかに頷くと、九条はますます理解不能という顔になった。

「それにしても、警察の方々、遅いですね……」

「何が起きるかわからなかったんで残ったが、やはり俺が行った方が良かったかな。もしかしたら、人を動かすのに手間取っているのかもしれない。なにぶん時間も遅すぎるし、捜査本部を設けていた事件じゃないからな」

「へぇ、ややこしいもんだ。人の命がかかってるっていうのに」

「君に言われると、耳が痛いよ」

皮肉めいた佳雨の言葉に苦笑し、九条は溜め息をつく。豊蔵たちが蔵へ消えて、そろそろ十分だ。あんまりぐずぐずしていると、彼らが帰ってしまうだけでなく、久弥たちの身が危険に晒される。もし応援が間に合わなかったら、取り返しのつかないことになるのだ。

その時。

佳雨の鼻孔《びこう》を、不吉な匂《にお》いが掠《かす》めていった。

「……九条様」

「ん?」

目線で「どうした」と問いかけられ、もしやと胸騒ぎに駆られて口を開く。

「煙の匂いがします。蔵に火が放たれたのではないでしょうか」


「警察だ! 誘拐及び監禁、放火、殺人未遂の容疑で逮捕する!」

張り詰めた九条の声が、蔵の中で響き渡る。力任せに扉を開け放ち、月光を背に銃を構えると、黴臭《かびくさ》い室内のあちこちで生まれたての炎が揺らめいていた。

「九条、ここだ！　希里もいる！」

「久弥様！」

九条が返事するより早く、佳雨が声の方向へ走り出す。高窓の下に両手足を括《くく》られた久弥と希里を発見し、無我夢中で二人へ駆け寄った。

「久弥様！　希里！　怪我《けが》はっ？」

「かう……」

「佳雨、おまえがなんでここにいるんだっ？」

「話は後です。さぁ、早く逃げましょう！」

手早く縄を解き、ぐったりしている希里を抱きかかえると、佳雨は再び扉へ向かおうとする。だが、うっかり柔らかな物体に躓きそうになり、思わずその足が止まってしまった。何だろうと反射的に目を凝らしたら、「佳雨、見るな！」と久弥に怒鳴られる。同時にその黒い物体が、炎に照らされて正体を明らかにした。

「さ……」

それは——腹から大量の血を流して絶命している、豊蔵の変わり果てた姿だった。

「三代……目……」

「仲間割れが起きたんだ」

炎の爆《は》ぜる音を縫って、久弥が苦々しげに吐き捨てる。

「豊蔵が背広姿の男と入ってきて、俺と希里を殺す相談を始めていた。ところが、話の途中で男がいきなりナイフを取り出すと、物も言わずに豊蔵の腹を刺したんだ」

「そんな……」

「……すまない。俺には、どうすることもできなかった」

「やめてください。若旦那は、なんにも悪くなんかありません」

痛ましげに頭を下げられ、茫然自失だった佳雨はすぐに自分を取り戻した。幸い、希里も元気がないだけで意識ははっきりしているようだ。佳雨の首に両手を回して齧りつき、小刻みに身体を震わせていた。

「可哀想《かわいそう》に、よっぽど怖かったんでしょう。希里、おまえは偉いよ。よく頑張ったね」

「かう……」

掠れがちだが、声もちゃんと出せるようだ。佳雨はホッと安堵《あんど》し、「さ、急ぎましょう。煙がかなり出てきました」と久弥へ言った。

「火の勢いは、まだそう大したことはありません。とにかく、今のうちに……」

「いや、待ってくれ。文箱が、まだ見つからないんだ」

「え？」

「豊蔵は、収集した骨董をこの蔵で管理していたはずだ。ここか、天井裏のどこかにあるに違いないと、そう思ったんだが……」

「若旦那、そんなこと言ってたら黒焦げになっちまいますよ！」

「しかし……」

一番の目的は文箱だったのだから、久弥がためらうのも無理はない。だが、いくら火の回りが遅いとはいえ、炎は徐々に勢いを増している。そういえば九条はどうしただろう、と周囲を見回してみると、彼は見知らぬ細身の男と対峙《たいじ》しているところだった。

「ナイフを捨てて、こちらへ来い！　直に応援もやってくる。逃げられないぞ！」

相手へ慎重に銃口を向けて、九条は厳しく勧告する。男は右手に血のついたナイフを握り締め、一切の表情を失ったように炎の揺らめきを凝視していた。

「あの男が三代目を……？」

「ああ。豊蔵の共犯者だ」

即座に答えた後、久弥は憂鬱《ゆううつ》な目で先を続ける。

「それとも、被害者といった方がいいかな」

「どういう意味ですか？」

「あいつは、一番初めに神隠しに遭った銀行員なんだ」

「え……」

あまりに予想外なことを言われ、咄嗟《とっさ》には頭が働かなかった。けれど、今は詳細を聞いている余裕はない。咳《せ》き込む希里の背中を撫でながら、とにかく脱出しようと踵を返しかけた時だった。

「文箱……俺の文箱は……」

「やめろ！　貴様、聞こえないのか、こっちへ来い！」

「文箱は、どこだ？　あの野郎、俺を騙しやがったな。この棚の奥へ隠してあると、俺にそう言ったじゃないか。くそ、あれは俺のもんだ。燃やしてたまるものか、燃やして……」

「おい！　馬鹿、よせ！　危ないぞ！」

炎は積み上げた箱や行李《こうり》、書物などを飲み込み、灰を周囲へ撒き散らす。だが、男はうわ言のように「文箱」とくり返し、必死の形相《ぎょうそう》であちこちを探し回るばかりだ。止めようにも火の手が激しくて近づけず、九条は顔を歪めて何度も呼び戻そうとした。

「文箱は……俺の文箱は……」

ガラガラ、と棚の一角が焼け落ち、もう一刻の猶予もなくなってくる。佳雨はおもむろに久弥へ向き直ると、「希里を、お願いします」と言って抱いていた身体を彼へ預けた。

「早く希里を外へ連れていってください。煙に巻かれたらお終《しま》いです」

「おまえは、どうするんだ。佳雨、何を考えてる？」

「俺のことは、心配しないでくださいな。廓を脱けることを思えば、火事なんざそう怖いもんじゃありません」

「おまえ……やっぱり、足抜けしてきたんだな」

「…………」

「どうして、そんな馬鹿な真似をしたんだ。おまえ、自分の誇りを捨てる気か？」

切《せつ》なく問い詰める瞳に微笑み返し、「早く！」と久弥を突き飛ばす。直後に九条に借りた風呂敷から素早く文箱を取り出すと、男に向かって右手で大きく掲げて見せた。

「文箱はここだ！　俺が、前もって盗んでおいた！」

「おお……」

「渡してやるから、こっちへ来い！　豊蔵も死んで、文箱はおまえのものだ！」

「そいつは俺の……俺のもんだ、俺の……！」

九条の呼び掛けには反応しなかったのに、「文箱」と耳にした途端、男が機敏にこちらを向く。背後で積み上げた箱が燃え上がり、熱風に九条が顔をしかめて後退した。

「早く来い！　さっさとしないと、炎の中へ放り投げるぞ！」

「やめろおおおお！」

投げる素振りをしただけで、男が猛然と走り出す。あわや押し倒される、という寸前、脇から九条が飛び出して身体ごと男にぶつかった。二人は揉み合いながら床を転がり、いったん煙の中へ姿を消す。だが、次の瞬間、荒い息の下で「確保したぞ！」と叫ぶ九条の声が耳へ届いた。

「九条さん、遅くなりました！　消防隊も一緒です！」

直後に警官やら消防隊員やらが扉から駆け込み、一斉に消火活動を始める。佳雨が半ば呆然と床に膝《ひざ》を突いていると、誰かの手が強引に右の手首を摑んで引きずり上げた。

「この無鉄砲！」

「若旦那……」

「希里は無事だ。警官が保護してる。これで満足かっ？」

嚙みつかんばかりに顔を近づけ、無精ひげの久弥が怒鳴りつける。佳雨は目を何度か瞬《しばた》かせ、何か答えなくてはと思ったが、あまりの迫力に圧倒されて唇が強張ってしまった。

どうしよう。若旦那が怒っている。

ここまで激怒した久弥など、未《いま》だかつて見たことがない。蒼白《そうはく》な顔、こめかみに浮いた血管。摑んだ指が、憤《いきど》りのためか震えている。佳雨は怯《おび》えて声も出なくなり、嫌われた、とそればかりが頭の中でぐるぐると回った。

「こんな、俺のために、こんな馬鹿なことをして……」

「す……みま……」

「謝るなっ！」

そう言うや否や、ぎゅっときつく抱き締められる。重なった胸から、久弥の鼓動が恐ろしいほど速くなっているのを佳雨は知った。背中に回された腕が、もう二度と離すまい、というように隙間なく佳雨を包み込む。

（嫌われたわけじゃ、なかった……）

ようやく全身の緊張が解け、懐かしい体温に思わず涙が滲んできた。生きていてくれて良かった、と目を閉じて呟き、心の中で神様へ感謝した。

「悪かった……心配をかけて」

「若旦那……」

「もう二度と、おまえを不安にはさせない。だから、約束してくれ。無茶な真似は絶対にしないと。おまえに何かあったら、俺は生きてはいけない。いいね？」

「生きては、いけない……」

「当たり前だ」

何が悪い、と言い返され、そうじゃありません、と急いで首を振る。

久弥にもしものことがあれば、自分だって生きてはいなかった。だから、ここまでの無茶もできたのだ。それなら、その逆もまた然りだ。

そんな当たり前のことに、今まで少しも考えが至らなかった。

「はい……約束します」

「本当か？」

「ええ。若旦那の寿命を縮めるような真似は、もう絶対にいたしません」

真心を込めて答えると、ようやく久弥が息をつく。

髪を撫でる指に溜め息を漏らし、佳雨はしばし抱き合える幸福に酔い痴《し》れた。

みるみる勢いが衰える火の向こうで、「中年の男女を、天井裏で保護しました！」と誰かが叫んでいた。九条の取り押さえた銀行員が、憑き物の落ちた声で「騙しやがったな……」と呟いている。それら全てがひどく遠く、まるで別世界の音のようだ。

こんなに人がいる場所で、自分のような者にいつまでも触れていたら、久弥に恥をかかせてしまう。そう思いながらも、佳雨はどうしても離れることができなかった――。

おまえには呆れたよ、と居間の椅子の上で久弥が苦笑する。

寛《くつろ》いだ紬《つむぎ》の着物姿の首に白いナプキンをつけ、微動だにしないで座る姿は、傍目《はため》にはなんとも奇妙な構図に映ることだろう。

「ああ、笑ったりしちゃいけません。手元が狂って切っちまいますよ」

「おまえが救った命だ。おまえが、好きにするといいさ」

「若旦那……」

性質《たち》の悪い冗談ですね、と目線で叱りつけ、再び剃刀《かみそり》を構え直す。念願の風呂から上がった久弥にたっての望みと請われて、佳雨は彼の無精ひげを当たっている最中だった。

「なんだか、こうやって呑気に髭《ひげ》そりなんかしているのが嘘みたいですね」

「まったくだ。俺はともかく、希里には可哀想なことをしたよ。さぞ怖かっただろう」

久弥は深々と息をつき、手入れの行き届いた日本庭園へ視線を移す。骨董商を営んでいる彼の自宅は店とは別の街にあり、和洋折衷の古いが瀟洒《しょうしゃ》な館《やかた》だった。

一連の騒ぎは日の出の頃に一応の解決を見たが、世間ではこれからが騒ぎの本番だ。九条の尽力もあって今回ばかりは佳雨の名前は表に出なかったが、久弥の方はそうもいかず、屋敷へ戻っても電話がひっきりなしだと家政婦のキミが零している。午後には警察で事情聴取があるから出頭するように、とも言われていた。

「しかし、意外な展開だったな。まさか、神隠しに遭った一人が共犯者だったとは」

「ええ、本当に。自業自得とはいえ、三代目も運が悪いですよ。本物の悪党に捕まって、いいように踊らされちまったんですから。一人だったら人攫いなんかできなかっただろうし、文箱恋しさだけで済んだものを……」

久弥が聞いていた豊蔵と男の会話から、事件のあらましが大体浮き彫りになった。

豊蔵を操り、神隠しに協力していたのは、神隠しに遭ったはずの独身の銀行員だった。男の実家はそこそこ裕福ではあったが、和菓子屋や鮨屋の二人に比べると文箱へ出せる金が到底及ばず、やむなく横取りを計画したのだ。そこへ、同じように文箱に魅せられた豊蔵が行方を追って顧客を回っていると聞き、そそのかして自分の陰謀へ加担させた。

皆、あの文箱を狙《ねら》っている。金で解決できるものではない。

そう言って言葉巧みに説き伏せて、最後に攫った鮨屋の女将から脅して文箱は奪えたものの、今度は和菓子屋の主人と希里、豊蔵が邪魔になってきた。おまけに、豊蔵は佳雨を巡っての私怨《しえん》も手伝って、蔵の周囲をうろうろしていた久弥まで監禁してしまったのだ。希里の時はご機嫌を取るために協力したが、正直（面倒なことをしてくれた）と思ったらしい。

折しも世間は神隠しの噂でもちきりで、焦りを感じてもいたのだろう。そこで、全ての罪を豊蔵へ被せ、攫った人間ともども火を放ち、蔵で全てを始末しようとした。

「首尾よくいったら、神隠しの被害者のまま雲隠れする気だったんですね。あの忌《い》まわしい文箱と一緒に。本当、とんでもない悪党でしたよ」

佳雨は大きく息をつき、泡立てた髭そりのクリームを、剃刀で丁寧に削《そ》いでいく。死ぬような目に遭いながら、それでもこんな穏やかな時間を二人が持てたのは、怪我の功名といってもよかった。義重が買い取った佳雨の時間は、今夜の夜見世まで残っている。そこで、希里は九条が友人の茶毘の後で色街まで送っていくことになり、佳雨は久弥の屋敷へ連れられてきたのだった。

「あの狡猾《こうかつ》な親父め。奥方に贈る、赤絵の茶碗だって？　ふん、任せておくがいいさ。『百目鬼堂』の名前にかけて、とびきりの掘り出し物を献上してやろう。それこそ、奴が用立てた金の倍はするような逸品をね。それで、今回の貸し借りはなしだ」

「また、そういう言い方をなさる。鍋島様のお力がなかったら、俺はきっと大門を潜れませんでした。そうしたら、若旦那とこうして過ごすことも叶わなかったんですから」

「恩は感じるが、借りは作りたくない。これは、俺とあの人の問題だ」

「………」

久弥の身になれば、ムキになるのも無理はないのかもしれない。それでなくても、二人の間には多くのしがらみや駆け引きがある。一歩でも引けば負けるし、そういう意味では今回は久弥の完敗といってもよかった。

「それにしても……何度でも言うが、おまえには呆れた。まさか、文箱の偽物《にせもの》を九条に用意させるとはね。一体、どこからそんな考えを思いついたんだい？」

お湯で絞った手拭《てぬぐ》いで残ったクリームを拭《ふ》き終えると、小ざっぱりした様子の久弥が瞳を悪戯《いたずら》っぽく覗《のぞ》き込んでくる。佳雨は静かに微笑み、「そんな大層なことじゃありませんよ」と恥ずかしそうに答えた。

「薄暗がりなら、はったりが効くと思ったんです。三代目があれだけ執着しているんですから、いざという時は脅しか交渉に使えるんじゃないかと。まさか、共犯者の方へ使うことになるとは思いませんでしたが」

「だからって、〝盗み出してきた〟は傑作だったな。動揺のあまり、真《ま》に受けて狼狽する男が憐れだったよ。まぁ、そのお陰で死なせずに逮捕もできたんだ。感謝するよ」

「だって、悔しいじゃありませんか。あんなにたくさんの人を苦しませておきながら、自分は死んでお終いだなんて。俺は、そこまで人が好《よ》くはありません」

同感だ、と久弥が笑い、道具を片づける佳雨を背中から抱き寄せてくる。そのまま甘くきつく力を込め、うなじに柔らかく唇をつけられた。

「あ……っ……」

「廓とは、あべこべだな」

「え……？」

「俺が着物で、おまえが洋装だなんて初めてだ。しかも、男の格好をしている佳雨と抱き合うのは、正真正銘これが最初じゃないか。こっちが普通なんだと思っても、なんだか不思議な心持ちになってくる。俺も、だいぶ色街に毒されてきたかな」

「…………」

俺が、普通の男に戻っても変わらず愛してくださるでしょうか。

声に出せない想いが、抱き締められた胸を苦しくする。色街という特殊な世界で、綺麗な紛《まが》い物として作られた男花魁。そんな自分を好きだと言った久弥に、ただの男でしかない自分はもしかしたら恋情の対象にはならないかもしれない。こんなにも隙間なく身体を寄せていて尚《なお》、不安は後から後から生まれてくる。

「文箱は、焼け跡から残骸《ざんがい》が見つかったそうだ。だが、こうして生きているだけで俺は満足だよ。天井裏に捕らわれていた二人も無事に保護されたし、希里は腹を据えて色街で生きる決心をした。それなのに、何もかも上手く運んでめでたしめでたし、という顔ではないな？」

「いえ、そういうわけでは……」

慌てて取り繕おうとしたが、久弥にそれが通じるはずもなかった。他のことでは幾らでも強く出られるのに、その視線に晒されただけで、自分はからきし意気地《いくじ》なしになる。

やがて、笑みを含んだ声音で、久弥が「わかった」と言った。

「それなら、おまえを笑わせてあげよう。ついておいで」

胸の上で交差した腕を解き、久弥は先に歩いて庭へ下りていく。慌てて用意されている履物《はきもの》をつっかけ、佳雨は急ぎ足でその後を追った。広い屋敷の周囲を半分回り、裏庭に当たる位置まで来ると、ようやく久弥は足を止めて振り返る。

「ごらん。佳雨に見せたいと言った、うちの枝垂れ桜だ。間にあって良かった」

「…………」

「俺が自慢した通り、色街にも負けない見事さだろう？」

「これが……」

言葉を無くして、息を飲んだ。

そこに、風まで桜色に染める神秘的な空間が広がっていた。樹齢二百年の枝垂れ桜は、不思議なことにまだ大半が散りもせず、さやさやと花弁を揺らしている。

「色街だろうが裏庭だろうが、咲き誇る桜の美しさに違いはない。佳雨、おまえは誇り高い男花魁だ。男でいながら歪んだ生き方を全《まっと》うしようとする、その心根に俺は惚れたんだよ。たとえ別の場所で咲いていたとしても、おまえがおまえでいる限り、俺は必ず同じように惹かれていただろう」

「若旦那……」

無意識に久弥の腕へしがみつき、佳雨は密やかな決意と共に言った。

「俺は……ずっと一人で生きていく覚悟でした」

「………」

「若旦那が愛してくださって、もうそれだけで充分に幸せで。この恋に桜雨が降り注ぎ、いつか全てが夢と消えてしまっても後悔はない、そう思っていました」

だけど、と静かに久弥の目を見つめ返す。

「違うんです。そうじゃありませんでした。若旦那が消えてしまって、初めて骨身に染みました。俺は、自分一人で恋をしていた。己の覚悟さえできていれば、それで恋が全うできると思いあがっていました」

「佳雨……」

「もし、若旦那が一人で死ぬと決めていたら――俺は、とても淋しいです。どうか一緒に連れて行ってくれと縋《すが》りつきます。ただそれだけの思いで、廓を脱けたんです。どんな折檻が待っていようと、男花魁の矜持が台無しになろうと、そんなことはどうでもよかった」

ようやくわかりました、と微笑もうとした。

けれど、意に反して笑顔にはならず、黒い瞳が揺れ続ける。

「俺は、あんたと生きているんです。もう自分から、この恋を諦めたりはしません」

言うなり、唇を塞《ふさ》がれた。

情熱的な口づけが、潤んでいた心まで燃え上がらせていく。しっかりと抱き合いながら、

久弥が「愛している」と幾度も幾度も囁いた。

風が吹き、枝垂れ桜が大きくうねって花弁を撒き散らす。二人の間で交わされる約束や心やつたない言葉が、幾重《いくえ》にも混じり合っているようだ。

「笑わせるつもりだったのに」

佳雨の睫毛に唇を寄せ、久弥は夢見心地の声で言った。

「泣くなんて卑怯《ひきょう》だぞ。離せなくなるじゃないか」

「それが……」

「ん？」

「それが、手管《てくだ》というものですよ。若旦那」

顔を上げ、佳雨はにっこりと艶《あで》やかに微笑む。

せめて。

今だけは、意地悪な桜雨が降りませんように。

心の中でひっそりと祈り、佳雨は自分から久弥の唇を甘く噛んだ。

あとがき

　こんにちは、神奈木です。前作『薄紅に〜』より少し間が空いてしまいましたが、ようやく佳雨と若旦那の物語も三作目となりました。はじめまして、の方にもわかるように心掛けてはおりますが、もし二人の馴れ初めなどに興味を持っていただけたら、前二作も手に取っていただけると嬉しいです。また、続きを待ってくださっていた方は、本当にありがとうございました。ちょっとお待たせしすぎてしまって、すみませんでした。

　毎度いろんな事件に巻き込まれる佳雨ですが、今回は『神隠し』。そこに絡めて、希里という新キャラも禿として登場します。梓とは違って初対面から佳雨に反感むきだしですが、活きのいいのがきた、と佳雨は内心面白がっているかも。また、希里の秋田弁に関しては初音の時にもお世話になったMさんに再びご協力をいただきました。急なお願いにも拘らず、お忙しい中をいろいろアドバイスしてくださり、とっても有難かったです。

　この物語の舞台である色街は、実際の吉原や花魁等の設定をベースにしつつ、神奈木のオリジナル設定が混ざっております。たとえば、花魁の在り方や娼妓の連れ出しに関する決まりなど。実際は年季明けか身請けでもない限り、大門は出られなかったと思います。でも、時間制限のあるお出かけ、というのが妙に気に入ってしまって、佳雨にも少しはいい目を見させてやりたいしなぁ、なんてところから加えてみました。そもそも男花魁という設定自体がファンタジーなのですが、もし実際にあったら、ということは常に念頭に置いて書いています。ファンタジーだからなんでもあり、なのではなくて、嘘と現実を上手くブレンドできたらな、と（それにしても、本編ではほぼカタカナを使わないようにしているので、あとがきは楽だなあ！）。そうして、読んでいる方がひととき、佳雨の待つ『翠雨楼』の世界へ紛れ込んでくだされば心から嬉しく思います。

しかし、今回は佳雨の内面に大きな変化が出てきたこともあり、今までより弱い面、脆い面が多くなったかもしれません。私自身は気風のいい凛とした佳雨を書くのが好きなのですが、久弥との恋が深くなるにつれ、やはり強いだけではいられません。自分の弱さをぽろりと出してしまえるほど久弥との距離が近づいたということですが、それを乗り越えて一層ふてぶてしく、艶やかに成長してもらいたいものです。なんといっても、まだ十九歳ですからね（書いていて、時々忘れそうになりますが）。また、梓や夏目、銀花や九条、鍋島など、仇花ワールドも段々とキャラが賑やかになってまいりました。機会があれば書いてみたいのは銀花の話なんですが、この人は借金を完済した後は上手く成り上がりそうな匂いがする。それから、読者さまからのリクエストにちょくちょく挙がるのが「鍋島が佳雨を水揚げする」話なのですが、これは人によっては（攻め以外との本格濡れ場が）ダメな方もいるかもしれません。う〜ん、私がエロを上手く書ける人だったら、とても美味しい短編ができそうな気がしなくもないんですが……。全編、ねっとりしっとりエロだけの話。鍋島様は、いつもオイシイところを攫っていくお方。もし何かの奇跡でエロの神が降臨したら、ぜひ挑戦してみたいと思います。あ、「ぜってー無理」とか言わないでください～（涙）。

あと、よくいただく質問に「何部作ですか」みたいなのがあるのですが、そこのところは実はがっちり決まってはいません。幸い出版社さまと読者さま、そして穂波さまのお陰で続けてこられましたが、私としても五つの骨董が出揃うまで、そうして佳雨と何がしかの因縁があるならそれが明らかになるまで、は続けられたらな、と思っています。少々特殊な舞台設定ですし、間を空けて読んでいただく方が楽しめるのではないかとも思うので、気長にお付き合いいただけますようお願い申し上げます。

そんなわけで、次の男花魁は来年です。今度こそ、雪紅が登場か？　それとも、まだ登場していない他の男花魁がいよいよ出るのか？　その前にルチルの全員サービス小冊子にて、仇花シリーズの番外編を書く予定です。こちらの応募締め切りは九月末ですので（二〇〇九年現在）、ひとつよろしくしてやってください。

イラストの穂波ゆきねさま。前回の巫女から続いて、本当にお世話になりました。毎回、穂波さんの描かれる美しく凛としたキャラたちに、乙女のようにときめいております。小説を書くにあたり、どれだけ励みになっているかわかりません。いつもご迷惑ばかりおかけしてしまい、ファンの風上にも置けないダメな奴ですが、少しずつでも精進してまいりますので、どうか今後ともよろしくお願いいたします。今回も、本当にありがとうございました。

また、担当さまにもいろいろとお世話になりました。煩悩ばかりで突っ走る私を毎度温かく導いてくださり、心から感謝しております。

最後になりましたが、ここまで読んでくださってありがとうございました。佳雨の変化が如実に出てきた今作、ちょっと皆さまの反応が気になる私です。よろしければ、一言でも構いませんので感想などお聞かせ願えれば……と思います。メールでも編集部へのお手紙でもなんでも大歓迎ですので、ぜひぜひよろしくお願いします。

次のルチル文庫は、冬になります。新作でお目見えとなる予定です。楽しんでいただける作品になるよう頑張りますので、頭の片隅にでも留めておいてくださいね。

ではでは、またの機会にお会いいたしましょう――。

http://blog.40winks-sk.net/　神奈木　智　拝

✦初出　桜雨は仇花の如く……………書き下ろし

神奈木智先生、穂波ゆきね先生へのお便り、本作品に関するご意見、ご感想などは
〒151-0051 東京都渋谷区千駄ヶ谷 4-9-7
幻冬舎コミックス　ルチル文庫「桜雨は仇花の如く」係まで。

幻冬舎ルチル文庫

桜雨は仇花の如く

2009年9月20日　　第1刷発行

✦著者	神奈木 智　かんなぎ さとる
✦発行人	伊藤嘉彦
✦発行元	株式会社 幻冬舎コミックス 〒151-0051 東京都渋谷区千駄ヶ谷 4-9-7 電話 03(5411)6432[編集]
✦発売元	株式会社 幻冬舎 〒151-0051 東京都渋谷区千駄ヶ谷 4-9-7 電話 03(5411)6222[営業] 振替 00120-8-767643
✦印刷・製本所	中央精版印刷株式会社

✦検印廃止

ISBN978-4-344-81768-5　C0193　Printed in Japan

神奈木智
イラスト
穂波ゆきね
560円（本体価格533円）
［うちの巫女が言うことには］
麻積冬真は警視庁捜査一課の刑事。連続殺人事件の被害者全員が同じおみくじを持っていたことから捜査のため、ある神社を訪れた麻積は、参道で煙草を吸おうとして禰宜・咲坂葵に注意される。その最悪な出会いから二週間後、再び事件が起こり麻積は葵のもとへ。麻積は、なぜか自分には厳しい葵に次第に惹かれていき……!?